僕の小規模な
入間人間
イラスト／loundraw

Design／カマベヨシヒコ

僕の小規模な自殺

入間人間

イラスト／loundraw

一章『彼女創生』

遡《さかのぼ》って時間という概念が生まれた瞬間から、世界にはタイムマシンが溢《あふ》れていなければおかしい。もしないのなら、人類はどれだけ未来に進んでもそんなものを開発できなかったということの証明になる。そんなことを言っていた人がいた。

聞いた当初はなるほどなぁと感じたものだが、それは所詮《しょせん》、現代人の推測にすぎなかったのかもしれない。なぜなら、俺たちが常識とする時間というものの概念がそもそも正しいかなんて、分かりはしないのだから。

時間は糸なのか。道なのか。それとも、地層なのか。

果たして現実はどうだろう。

「コケー」

「…………………………」

机の上の醬油《しょうゆ》入れと一緒に陣取る『ニワトリ』に、見覚えはない。そんなものをアパートで飼っているわけはないし、まして他所《よそ》から迷い込んできたというのも、虫かイモリならあり得るがそのむっくりとした翼を見ると、ないなと断言できる。

ではこのニワトリはどこから来たのか？　俺の疑問にそいつは『未来』と答えた。

俺にも聞き取ることのできる確かな日本語で、そのクチバシを動かして、だ。

「夢ではないぞ」

ニワトリに先手を打たれる。安易な逃避先を早々に潰《つぶ》されて、頭を掻《か》き、夢でないことは納得していた。なぜなら、鳥臭《くさ》いからだ。昔々、社会見学で覗《のぞ》いた鶏舎《けいしゃ》と同じ臭《にお》いがする。俺が見る夢にはいつも、匂いがない。だからここは現実だと思う。

「もう一度言うが僕は未来から来た。偶然ではない、ちゃんと時間交通免許も取得して手続きを重ねたうえでこの時代へやってきた。そう、きみに会いにきたのだよ」

そこまで言って、コケーと鳴く。言葉を用いても基本、ニワトリらしい。

あぐらをかいて、重ねた足首を押さえつけるように手を置いた姿勢でニワトリと向き合っている。彼女も出席するであろう講義はそろそろ始まるというのに、俺はなにをやっているんだろう。そもそも、この状況はなんなのだ。

「きみは岬士郎《みさきしろう》くんだな」

翼がこちらを指差すように前へ動く。うわぁ、あっているよと複雑な気持ちで認める。

「そーね。ニワトリにまで名前を覚えてもらうほど、俺って知名度あったかな」

しがない大学生をやっているつもりなんだが。しかし、しがない大学生はニワトリと平然とお話するものだろうか。定義が揺らぎそうになる。コッコッコとニワトリが机の上を歩き回り、クチバシで机をつついている。何周かして、ニワトリが顔を上げる。表情の変化が人間ほど分かりやすくないが、若干、恥じているようにも見えた。

「ニワトリのサガだ、あまり気にしないでほしい」

「はぁ」

そこまで得体の知れない存在ではなく、見た目から受け取る印象程度にはニワトリをやっているらしい。目の高さにあるので観察してみると、トサカが大きい。顎《あご》の下の……名前は知らないが赤い部分も発達しているのでこいつは雄《おす》のようだ。そしてどこをどう見ても喋《しゃべ》ること以外は普通のニワトリである。最近は鳥インフルエンザがどうこうという話で、近所の小学校の飼育小屋からも撤去されてしまっているので久しぶりに間近で見た。

「きみが信じるか分からないが、いや信じてもらわないと困るが僕は未来人だ。この星を救う、かどうかは定かじゃないがある人物を救うためにやってきた。よくある話だろう、きみたちの時代にもこういう映画なりおとぎ話はありふれているはずだ。現実が遠い未来にようやく、画面の向こうからこちらへ到達したという感じだろうか。

つまり物見遊山でやってきたわけではない、ということを理解してほしい」

えらく饒舌《じょうぜつ》なニワトリが旅行の目的を説明してくれる。俺は税関の職員じゃないぞ、と思いつつも大人しく、口を挟まずに話の聞き手に徹する。黙って座っていても少し蒸し暑くなる。扇風機も付け忘れた七月上旬に、未来ニワトリが一羽。

夢と鳥臭さにむせ返りそうだった。

ある人物を救う。そう語るニワトリが俺の前に来た。

その二つが繋《つな》がり、汗を生む。

「え、まさか俺？」

そしてこいつが俺の子孫という可能性まで思いつく。しかし、それだと俺の嫁か子孫の誰かがニワトリと愛を育《はぐく》み、子を成したことになる。なんとも、業が深い。

そんな俺の先走った心配はニワトリが翼を一振りするだけで吹き飛ばしてくれた。

「いいや。熊谷藍《くまがやあい》という女性だ」

そして別の不安を掻き立ててくれる。とんでもない名前が登場してしまった。

思わず片膝《かたひざ》を立てて、ニワトリを持ち上げてしまう。ニワトリが雑な扱いに不満そうに暴れるが知ったことではない。それよりもちょっと待てと派手に揺さぶる。

「なんでそこで彼女の名前が出るんだ」

「そりゃあ、死ぬからな」

「……おいおいおい」

首の動きこそ落ち着きがないくせに、平然と言ってくれる。

「コケー」

じゃねえよこの野郎。思わず絞めたくなるが、なにか言いそうなので堪《こら》えた。

「彼女は三年後に死ぬ。事故や殺人ではなく、病気が原因でね」

「……マジか。いや、ええと……待て」

ニワトリを机に下ろしてから頭を抱える。そろそろ大学に行こう→未来からニワトリがハロー。この事態の移り変わりに追いついていけない。いやむしろ、追いつきそうになってきたから混乱が増している。今までは頭の一部が凍ったように狭く、真っ白なものとなっていたからこそ高ぶらないでいられたのだろう。

目の奥に大きな流れがある。目まぐるしく景色が入れ替わり、自分がなにを見ているのか摑《つか》めない。それこそ記憶を総ざらいして、太古の風景まで蘇《よみがえ》っているようだった。プリズムの色彩に彩られた賑《にぎ》やかな世界の中、耳鳴りと脈を打つ音が聞こえる。

彼女が死んでしまうという予報は、地球丸ごとに浸《ひた》るほどの衝撃だった。

星を駆け巡るような動揺の中、落ち着けと制する声がある。ニワトリの話をすべて信じるのも早計で、そもそもニワトリが話していること自体、大いに疑うべきなのだ。もう一度、ニワトリを抱える。まさぐって羽の中も調べてみるがマイクの類《たぐい》は見つからない。機械による腹話術の線はなさそうだった。

「疑いは晴れたかい？」

「お、おぅよ」

見透かされていて少々バツが悪い。頬杖《ほおづえ》を突くこちらに、よいよいとばかりにニワトリが翼を振るう。寛大なのは結構だが、羽を落とさないでほしい。掃除が面倒だ。

落ち着いてから、その羽の広がりについて言及してみた。

「未来の人類はニワトリになるのか。センセーショナルだな」

進化を遂げたニワトリが語学を修めるというのも考えたが、それならば未来『人』とは名乗るまい。首を振っているニワトリがその件について説明してくれた。

「この時代ではこうした格好を取らざるを得ないんだ。遠未来におけるタイムトラベルのルールでね、タイムマシンの現存しない時代を行き来する場合にはその時代の動物として活動しなければいけないのだよ。これはまぁこの時代でタイムマシンを製造しないようにとか、未来人の存在を広めてはならないとか、色々な不都合を押さえつけるための制約の一つかな。他にもたくさんのルールがある。この時代でいう自動車の交通ルールみたいなものと思ってくれ」

ニワトリが羽をばさばさ振りながら説明し終えて、そして最後にコケーと鳴く。どうも姿だけではなく、中身も概《おおむ》ねニワトリに準じているようだ。

「しかし、ニワトリは目玉が動かないらしい。不便なものだ」

頭を左右に忙《せわ》しなく振りながら愚痴《ぐち》る。さすが未来の人はいろんなことを知っているなぁと勉強になる。しばらくそのままニワトリを観察していたがなにも話し出さないので、こちらから尋ねてみることにした。

「……で。彼女が病死する、そいつを防ぐ。それはいいけど、どうやって？　ワクチンを持ってきたのか？　彼女はサイヤ人で、お前もスーパーサイヤ人か？」

「なにを言っているんだきみは。そこまで過去に干渉できるわけがないだろう。でなければきみのもとではなく熊谷藍のもとに直接向かっている。きみに干渉するのがぎりぎりの形というやつだな」

明確な線引きは分からないが、俺がぎりぎりという表現が気になる。

俺と彼女の距離感を示すようでもあったからだ。

それはいいとして、気になる。そんな回り道を選んでまで、なぜ、という問いだ。

「……お前はなぜ、彼女を救う？」

　この星の上でこれまでも、これからも数え切れないほどの人が死を迎える。それは三年後に死ぬと予報された彼女だけでなく、俺や、ニワトリの形を取る目の前のそいつも例外ではないはずだ。死因は様々でも覆《くつがえ》せない終わりの形はみな等しい。

　その中で、なぜ。彼女を救いたいと願うのか。

　未来からやってきたSFニワトリは言う。

「それが正しいと思うからさ」

　力強い言葉だったが、答えになっていない。はぐらかしている感じだった。

「が、そんな理由で時間旅行など申請しても許可が下りない。滞在理由をかなりごまかしてやってきているからな、未来に関する質問は控えてくれると助かる」

「えぇー……他に、ニワトリに聞くことってないし」

　じゃあ聞くなとばかりに尻を向けてきた。ふさふさしたいい尻だ、鳥臭さを振りまく点にさえ目を瞑《つぶ》れば観賞に堪えうる。眺めているうち、ふと気になったので尋ねてみる。

「お前、名前あるの？」

「そりゃあ、あるがね。しかしこちらでは名前で呼ばれる意味もあるまい。そうだな……レグとしておこう。呼ぶのが面倒ならニワトリでもなんでもいい」

そこまで話して、ニワトリが机の上に屈《かが》む。そして目を瞑ってしまう。

瞼《まぶた》が下から上に動いたことに少し驚きつつも、色々と、言いたいことがある。

そんなところで休むなよ、とか。居着く気があるのではないか、とか。

そんなこと問題にしている状況ではないのだが、どうにもそうした小さい問題にしか文句を思い浮かべることができない。他の件は軽く言及するには少し大きすぎた。

三年後に彼女が死ぬ。事実とするなら、俺にとってそれは星の寿命に等しい。そうか地球もあと三年か。三年も経《た》てば大学を卒業して社会人としてひぃこらやっている予定だが、そこで人類は日没を迎えるというわけだ。学生時代という甘い蜜《みつ》を吸い取りきった果実の残りをかじり、消化するだけの人生が続くのであればそうした人生の幕引きも悪いものではないように思えるが、それでも、いやしかしと思う。

だれか、俺の地球を守って。

「……なんとか、するためにこの鳥が来たのか。俺が、なんとか」

このニワトリはなぜ、彼女を救いたいのか。それが正しい歴史だからか？　大切な人を失いたくないからか？　ニワトリが彼女の子孫というオチで、じゃあ旦那は俺か。親子何十代の悲願を背負い、タイムマシンで原初の時代に辿《たど》り着いた……ＳＦみたいな状況をつらつらと想像して、そのどこか一つでも正しいのだろうかと、乾いた笑いを浮かべる。

彼女は病死するといった。彼女を狙《ねら》う殺し屋は酷《ひど》く小さく、ありふれたものだ。病死を防ぐには、病気にならなければいい。殺されるなら殺人を未然に防ぐ、と同じ論法ではあるがしかし、単純な殺人よりずっと厄介な話に思える。なにしろ病原菌は目に映らないし、徒手空拳が空を切るだけときている。どう立ち向かえというのか。具体的な策はなにも語らないニワトリ、レグの尻を恨めしく見つめつつ、考える。

病気にならないために、俺たちができること。

致命的な病気に陥るとしても、そのときの体調がそれを大きく左右することもあり得る。だから清潔を維持する、健康を保つ。手洗い、うがいを習慣づけよう。

つまり、

「健康を維持しろ、ってことか？」

自分で出したその結論に、正直、首を傾《かし》げる。

彼女を心身健やかに、いざとなりゃあ筋肉もりもり一歩寸前まで鍛え上げればいいのなら、彼女の命運は俺でなくインストラクターに委《ゆだ》ねるべきだ。そもそも筋肉で病原菌を弾《はじ》けるわけではないし、そもそも彼女がそんな提案受けるかという話だし。

なによりそもそも、なぜ俺なんだ？

答えを聞こうにもニワトリは既に羽を休めて、目を瞑っていた。

旅行疲れだろうか、と少し笑う。


衝撃の事実がある。今まで彼女、彼女と親しげであることを強調してきたが、実は彼女は俺の『彼女』ではない。それなりに親しくはあるものの、明確に特別な関係などというものはなかった。だからこそ、ニワトリが俺のもとに舞い降りたのだろう。

とはいえ未来人が俺に救えと命綱を託すぐらいだ。俺と彼女の間には確かな時間の結びつきがあって、きっと未来の展望は明るい。

「……ということにしておこう」

そもそも彼女が本当に死んでしまうなら、明るいもなにもない。

すべてが暗黒だ。丁度、彼女の後頭部みたいに。

白いワンピースを着用して、髪はカツラでもかぶっているのではと思うほど真っ黒に、艶《つや》やかに、長く、美しい。その後ろ髪には流水を思わせるなだらかな艶の流動があり、彼女が動く度に流れ落ちて、生まれて。他所ではお目にかかれない滝の出来上がりだ。見つめているといつまでも後ろをつけ回したくなる。

実際、今そうしていた。

「オイオイ」

彼女、熊谷藍が呆《あき》れた調子で振り返る。話題の人ということもあり、大学内で普段より本腰を入れて探し回って見つけた彼女の横に並ぶ。そのことについては彼女もさして咎《とが》めず、共にキャンパス内を歩くことを許可してくれた。それぐらいの関係ではあるのだ。二人で立体交差の下側を下りながら、その横顔を観察する。

彼女は美人だが顔色が悪い。慢性的に顔から果汁的なものを搾り出されているようによろしくない。不規則な生活と寝不足、運動不足に支えられた体調不良はなるほど、視点を改めて眺めてみるとこりゃあ病気で死んでもおかしくない。

「うんうん、いやいかんいかん」

「なに一人で盛り上がってるの」

学内を走り回って噴き出している汗を拭《ぬぐ》いながら指摘する。

「いやなに、熊谷は今日も青っちい顔しているよなぁ、とね」

彼女がムッと左目だけを細める。顔色の悪さにではなく、苗字《みょうじ》で呼ばれたことに。

彼女は自分の苗字を嫌っている。色々と理由や禍根《かこん》がありそうだが、一番の理由は

『あだ名が小、中、高とクマだった』というところにあるらしい。

本人は細さや肌の色合いもあって、無理に動物にたとえるなら鶴のようだが。

「そういえば昨日、講義来てた？」

彼女が俺に尋ねる。出る出ると言っておいて姿を見せなかったので、多少は気にかけてくれたのだろうか。

「いや、思いがけない急用ができて休んだ」

嘘《うそ》は言っていないつもりだが、「ふぁーん」という彼女の鼻から抜けるような気のない返事からするに、サボりと受け取られたようだ。日頃の出席態度が偲《しの》ばれる。

彼女もまじめな優等生というわけではないのだが。

隣を歩いていると、猫背で、気だるそうに緩慢な足の動かし方が目につく。見た目はどこもかしこも整っているのに挙動が粗雑なので、定規をぐにゃぐにゃに曲げて遊んでいるようだった。

「昨日は何時に寝たの？」

「朝の六時」

それは昨日じゃないぞ。

「二時間ぐらい寝て、ええとなんか食べたっけ……歯は磨いたと思うから食べたでしょ、それからぼーっとして、ネット見て学校来て、今は食堂に向かってる」

自分のことでありながら所々、曖昧《あいまい》に説明してくれる。彼女いわく『だるいのに眠れない』らしく夜更かし上等、自堕落《じだらく》に本を読み漁《あさ》り、寝転び、不規則な毎日を送っているようだ。今までは苦笑いで流していたが、見方が変われば笑っていられない。

それこそが死に至る病の源泉かもしれないからだ。

「……しかしなぁ」

顔色こそ悪いが元気に二足歩行している彼女が、三年後には死亡する。割り箸《ばし》のように細い手足を動かしている姿を見ていても、ピンとこない。これが普段から病弱で窓際のベッドから動けない深窓の令嬢を気取るなら納得できる部分もあるのだが。

「……おや」

視線を感じて歩きながら振り返ると、講義棟から出てきた集団に混じってこちらを見つめている男がいた。チェックのシャツを着て右肩に黒いリュックを背負った男で、顔も名前も知っているが友人ではない。田之上東治《たのうえとうじ》という、古めかしさに彩られたような名前だったはずだ。俺の友人ではなく、彼女の知り合いに属する。

彼女を見かけて寄ってこようとしたみたいだが、俺が側《そば》にいるので萎縮《いしゅく》したのかなんなのか、中途半端な距離を保って結局は去ってしまった。彼女もそれに気づいていたらしくいつの間にか振り向き、その後ろ姿を目で追っている。その目線を傍らで追うと心中、穏やかではない。彼女は愛想こそあまりないが美人に属する。近寄る男も少なくはない。

「仲いいの？」

「いいっていうか、前からの知り合い。小学校から一緒」

「へぇ……」

数えれば九年にも十年にもなりそうな、長い時間だ。俺と彼女は出会って十ヶ月ほどしか経っていない。もし彼女が三年後に死んでしまうなら、付き合いの長さだけは覆せないことになる。なにより、中学、高校のときの彼女を知っているというのは羨《せん》望《ぼう》と嫉《しっ》妬《と》を覚えざるを得ない。俺もタイムトラベラーとして過去に遡りたいものだ。

「あいつ、熊谷に気があるんじゃない？」

本当は気があるなんてものじゃないのは一目瞭然《いちもくりょうぜん》だが、控えめに表現してみる。

「かもね」

彼女の返事は本人の顔色と裏腹にさっぱりとしたものだった。

どうでもいいとも取れるし、ここで語る必要がないと遮断しているようでもあった。

そりゃまぁ彼女からすれば俺と無縁の話題かもしれないが、俺にとっては他人事《ひとごと》ではないのだ。あのニワトリが田之上東治ではなく俺のもとへやってきたことが引っかかっている。俺よりもあいつの方が、彼女と深い関係ということなんだろうか。聞いたところでニワトリはなにも教えてくれないだろう。

しかし未来はさておき今、隣にいるのは俺なのだ。強気で行こうと思う。

俺ならば、それができるはずだ。

「やれるはずだ」

「なにが？」

独り言に反応した彼女を「なんでも」と流して、一緒に食堂へ向かった。第四講義棟の一階に古くから存在するその学生食堂は、昼休みを迎えてもいないのに満席に近いほど賑わっている。みんな勉強より飯が好きだ。彼女もそうであってほしい。

彼女の場合は腹が減ったではなく、時間だから食べるという感じなのだ。

鞄《かばん》を席に置いて確保してから、彼女に聞いてみる。

「なに食べんの？」

「ナゲット」

ふふふ、と彼女が切り取ったクーポン券を指に挟んで得意げな顔を披露してくる。

新聞広告に入っていたやつだろう。見ると彼女以外にも大勢、似たような券を持って並んでいる連中がいた。彼女がふらふら、蛇行気味にその最後尾に並ぶ。

食堂内にはラーメン屋とハンバーガーショップも入っている。セルフサービスの食堂とラーメンとハンバーガー。栄養学の知識なんて持ち合わせていないが、どれが栄養偏《かたよ》っているかと考えれば、ハンバーガーな気がする。そして彼女はハンバーガー屋の列にばかり並んでいるのだと、今頃気づいた。

席と荷物を見張るために彼女と交代で昼飯を用意する。いつものようにセルフサービスの食堂で何品か見繕い、普段は取らない野菜サラダを余分に買って、席に戻る。彼女は俺を待つことなく既に食べ始めていた。低く水平に落ち着き、淀《よど》んだ目には歓喜が窺《うかが》えない。

チキンナゲットをもそもそ食べて、セルフサービスの水をがぶ飲みする。そういえば食事を共にすることは珍しくないが、意識して思い出してみると彼女が野菜や主食を食べているところを一度も見たことがない。いつも単品のおかずをもそもそ口に運び、旨《うま》いんだかまずいんだか曖昧なまま食べ終えてさっさと食堂を出て行く。

今日も例に漏れず、ぼそぼそと噛《か》んですぐに食べ終えてしまう。それから常備している頭痛薬を水で流し込み、席を立つ。こっちはまだ一口しか食べていないのに。

「先行くから」とか言い出す彼女を今日は引き止める。

「へい待った」

「ん？」

手を引っ張り、もう一度座らせる。それから野菜サラダを差し出す。

「奢《おご》りだ、ガーっとやっちゃって」

「ガー」

俺の方へ小鉢を押し戻してきた。確かにテーブルの上でガーって音はした。

「ちゃんと野菜も食べようね」

「あんたいつから保健の先生になったの」

「ガー」

もう一度、彼女の前へ差し出す。しばらく小皿が「ガー」「ガー」行き来してうるさかったが、七回目あたりで「しつこい」と彼女が先に折れた。手づかみでサラダを取り、野菜をめいっぱい頬張ってからろくに咀嚼《そしゃく》せず、水で流し込んでいる。腹の底で消化されてしまえばそれでいいのだろうか。いい気がしない。レタスも噛まずに飲んでしまう。それでも「青臭い」と文句を言っている。どこで青臭さを感じているのやら。……しかしこういう食事を見ていると、なんとかしなくちゃと思ってしまう。

サラダを食べ？　尽くした彼女が俺の顔を覗く。その視線の意味を想像して、「なにか食べる？」と残っている皿を見せたけれど「いらないけど」と返された。そして尚《なお》も俺を見つめる彼女が話しかけてくる。

「さっき、トウジが好きとかどうとか言っていたけどさ」

「え？」

「あんたも私のこと好きだよね？」

頬杖を突いてこちらを覗き込みながら、消化に悪いことを言ってきた。

あからさまであることは自覚しているので必要以上には動揺しないものの、それでも直接そんなことを聞かれては照れるというものだ。若干口ごもりつつも、頷《うなず》く。

「そうッスね」

「うん」

話が終わってしまう。「いやいやいや」と、思わず彼女に突っ込む。

なんの確認だったんだ。そして、そんな簡単に流すのか。

それでは田之上東治と同じ扱いじゃあないか。

「続き聞きたいの？」

彼女が試すように尋ねてくる。俺は箸を止めて、思い悩み、首を横に振る。

彼女との間に漂う空気の乾き具合に、危機感を刺激されたからだ。

「もう少し格好良くなってからにするよ」

「賢明ね」

あまり表情を和らげない彼女が、そこで珍しく笑った。

それを見ていて、彼女はこれ以上魅力的になる必要ないよなぁと感じる。

悪い虫が寄ってくるばかりだ。

「どこが好きとか、聞いておいていい？」

彼女が挑発的な調子で尋ねてくる。ここまでくれば照れずに答えることができた。

「髪」

「これ？」

彼女が髪を一摑みほど手に取り、掲げる。「それ」と大きく頷く。

「その黒い髪がいいんだ」

「ふぅん……じゃあもし、染めたり短くしたりすると？」

「百年の恋も、三年ぐらいに冷めるんじゃないかな」

「三パーまで落ちるのかよ」と彼女が呆れる。更に「つまり九割七分髪が好きなだけじゃん」と怒ってくる。その通りなので、怒られても反論しようがない。

「そうだけど……髪もきみの一部だし」

彼女が自分の髪を弄《いじ》って、指に巻いて。手触りを確かめるように撫《な》でてから、「まぁじゃあ、このままでいいや」と締めた。それでいい、と内心で同意する。

「むしろ私が髪の一部って感じなんだけど」

「あ、じゃあそういう話のついでなんだけど。明日一緒にどこか行かない？」

流れに便乗して誘ってみる。

「別にいいけど。どこ行くの？」

「あー、考えてない。明日の昼前、地下鉄の入り口で集合とだけ」

「分かった」

「うん」

平静を装っていたが内心、グッと握りこぶしを掲げていた。

普段は誘ってもあまり乗ってこないのだが、今日は機嫌がいいのだろう、多分。

昼飯を食べ終えると彼女がすぐに学食を出て行ったのでその後ろに続く。昼休みはまだ残っているが、彼女のことだから先に講義室へ入り、持って来た本でも読んで時間を潰すつもりだろう。活字中毒の傾向がある彼女らしい時間の使い方だ。

だが俺は知っている、彼女に必要なものは知力ではない。体力と時の運だ。

とにかく彼女には不健康な生活を改めて、体力をつけてもらわないといけない。一朝一夕にはいかない長い戦いを始めるのは、今なのだ。今ここで、動かねば。

彼女の未来を知り、救いたいと願って動けるのは俺だけなのだ。

だから。

「なぁなぁ」

「なに？」

彼女の肩に手を置いて、極力爽《さわ》やかに提案してみる。

「ちょっとランニングでもしようぜ！」

「は？」

彼女の頬と唇が歪《ゆが》む。まるで予想していなかったらしく、意表は突けた。

が、別に彼女を驚かせるためにそんなことを言ったわけではない。

「大学の周りをかるーく、走ろう」

「講義出るから。あんたも出るでしょ？」

「休もうぜ！」

「なにその疲れるキャラ。それに走ってどうすんの？」

来た、どうすんの。様々に応用の利いてしまう魔法の返事だ。
○○してどうすんの？　という強敵は今後、彼女を守るべく幾度も立ち塞《ふさ》がることだろう。

「あーその、きみの健康を考えてのお誘いなんだけど」

「私健康だよ、ほらほら」

ふらふらと千鳥足みたいなものを披露する。それは、踊っているつもりか？

「なんて軽快なんだ！　すばらしい、いや感服した」

「どうもどうも」

「というわけでその最高な足を存分に動かそう。さぁ行こうぜ」

腕を摑んでそのまま正門の坂へと引きずっていく。

彼女は案外、押しに弱い。強引にことを進めればなぁなぁで始まる可能性もある。

「いや私走ったら頭後ろに取れそうだし」

「拾ってあげるよ」

「頭痛も酷くて」

「さっき頭痛薬飲んだじゃん」

「くっ、日差しを見つめると目の奥が疼《うず》く」

「頭取れちゃった方が楽になるんじゃない？」

「一理あるかも」

ないよ。首を摑んで引っ張っている彼女の後ろに回りこみ、背中を押す。

彼女は足を動かさなくなり運ばれることに専心する。……失敗した。

「あんた昨日、あれでしょ。健康志向のテレビ番組とか見て、その影響でしょ」

「そんな感じ」

「一人でやれよぉ」

愚痴りつつも彼女がようやく折れて、坂の途中から自前の足でてってこと下り始める。肩と共に揺れる髪の先端が俺の顎をくすぐり、身悶《みもだ》えしそうになる。

改めて彼女の後ろ姿は美しく、失ってはいけないものだと認識する。なんだか後ろ姿やら横の髪やらばかり賞賛している気もするが当然、前も大事だ。

「だから走れー、明日のためにー」

「せめて黙って走ってくれない？」

たとえこれが目に見えないほどの効果しかなくても。

なにもしなければ、変わらないまま明日になる。その繰り返しの果てに終わりが待ち受けているというのなら、日々戦う。味方がいなく、一人であがき、決断を迫られるとしてもそれよりのたうつ苦しみがあると知っているなら、やってみせる。

それが、彼女の未来を本人の許可なく知ったことへの責任だと思うから。

「ふひぃ、ふひ……」

ベンチに転がって脇腹を押さえながら、彼女が虫の息となっている。大学の周りを五百メートルも走っていないのだが、彼女は演技ではない限界を迎えていた。三年待たずともそのまま逝きそうな表情と吐息が虚空を向いている。見ているこっちも頭が痛くなってきた。最悪の未来を回避するためにこんなことしかできないのか、と不安だったけれどやってみれば、別の意味で不安を煽《あお》られる。

こんなこともできないのか、と。

健康を維持するという考えは誤りだった。これを維持していては救われない。病気の一つも患いそうだと納得して、自分のやるべきことが見えてきた気もする。俺たちの戦いは始まったばかりだ。

「ふひ、ひ……」

絶え絶えだった息が完全に消沈して、俯《うつむ》いたまま動かなくなる。うなだれる首、ベンチから垂れ下がる髪、時折震える腿《もも》の裏。始まっているのだろうか、本当に。

「明日はデートだわぁい！」

喜び勇んで帰った先で報告する相手はニワトリだった。漫画本を器用に足で押さえて読んでいたレグが顔を上げる。ついでにコケーと鳴いた。癖《くせ》か賞賛かは定かでない。

危惧《きぐ》したとおり、しっかり居着いてしまった。旅行費、滞在費の持ち合わせなしという男らしい時間旅行者が漫画を置いて玄関までやってくる。実家で犬を飼ったことはあるが、ニワトリは初体験だ。玄関に出迎えにきてくれる姿を見て、ふと思い出す。晩年はしょぼくれて、黒い毛玉みたいにいつも俯いて座り込んでばかりで、見る度に、なんで飼って、なんで飼い出して、なんで今もここにいるんだろうとたくさんの疑問に苛《さいな》まれた。病院に連れて行くことを家族が面倒くさがるようになってから、余計に。

だけどそれはどうなんだろうと思う。

犬からこの家に来たいですお願いしますと志望してきたわけじゃない。買い取り手や売り手という、俺たちの都合で犬を連れてきたにすぎない。それなら最期まで面倒を見るのは当たり前だと思い、犬の最期を看取るまで俺が世話を続けた。

そんなことを、思い出した。そして今、その延長線上にニワトリがいる。

動く度に紅しょうがより赤いトサカが揺れるのが目を引く。俺の空想ではないとはっきり認めよう。

そして俺が狂っているのでなければ話相手ができたわけで、悪くはなかった。一人暮らしが一年も続くと独り言ばかりが増えて困っていたところだった。

ただし同居人？　の餌代《えさだい》に目を瞑れば。

「熊谷藍と？」

「それ以外にいるかよ」

一緒に出かけるなんて久しぶりなので、つい声が上擦ってしまう。

彼女と関わると高校のとき、惚《ほ》れた腫《は》れたで一喜一憂していたときの気分にまで若返ってしまいそうになる。そんな俺に対して、レグが羽を振って風を送ってくる。

「きみは前のめりに前向きだな」

「それって普通じゃないのか？」

「まったく普通ではない。ただそれぐらいの姿勢を持たないと、未来を変えるなどという大それた行動に移ることができないのかもしれないな」

ふふん、とレグがトサカを揺らす。俺を褒めているような雰囲気だがこいつも過去を変えにやってきたはずなので、実はただの自画自賛になるのだろうか。

「三年後に死ぬと知らされている相手とデートだー、などと目先の利益に飛びつけるきみの図太さを評価したつもりだ」

「あっそ。こんな素敵な未来があるなら先に教えておいてくれよ」

「教えようがないな」とまじめな返事が来たので、靴を脱ぐ手が止まる。

床をかつかつ突きながら、レグが講釈を垂れ流してくれた。

「些細《ささい》なことから歴史は変わるものだ。たとえばきみは明日、熊谷藍とデートするらしいがそれは、僕がやってきたからこそ生まれた流れではないのか？　もし僕がやってこなければ彼女のデート相手は別の男だったかもしれない、そのまま結婚したかもしれない」

「どれだけ飛躍した発想をお持ちなんだ、飛べないニワトリの癖に」

しかし言わんとしていることは伝わる。彼女のことが気がかりとなって、後ろ姿を追い回さなければ田之上東治があのまま声をかけたかもしれない。そうなれば当然、食堂に俺はいなくて、話をする機会もやってこなかった。

「そうして彼女が休日の予定を変えて、過ごす場所も、出会う人間も変わる。その掛け違いが次々と生まれて、知らない未来が生まれていく。僕がこうしてやってきた時点で、この三年は『僕の知らない三年間』だ。予習、復習などなんの意味も持たない。

僕に答えを期待するなよ、岬シロー君」

ニワトリが偉そうに、無知蒙昧《むちもうまい》ですと自己紹介してくる。

外見も相まって、ここまで頼りがいのない未来人も珍しいんじゃないだろうか。

知らない三年間か。深い森の中で二手に分かれた道を選んで、別々の方向へ行く。俺たちは鬱蒼《うっそう》とした木々に阻《はば》まれて、別の道を選択したらどこへ繋がるかを確認することはできない。その繰り返しで、今なぜそこにいるのかを振り返ることもできなくなる。このニワトリはその道を一つ知ってから引き返してきた。そして、そちらへ行くな、と看板を立てたことで俺は今、一つ異なる道を歩き出していた。

そうした積み重ねで病気を回避することが目的なのだろう。病気と闘うにはそういう方法しかないのかもしれない。しかし風が吹けばバタフライ作戦は、俺のような人間からすると気の長い話だった。これから三年間、胃がすり減りそうだ。

「ああそうだ、安心するといい。糞尿《ふんにょう》はちゃんとトイレに流したぞ」

漫画のもとへ走って戻っていったレグが粗相はしていないと報告してくれる。

「躾《しつけ》がよくて助かるよ」

これで床を突いて穴を開ける癖さえなんとかなればいいのだが、こいつは本人にもどうにもならない領域にあるようだ。癖は宿命のように直らない、らしいからな。

「デートなんて暢気《のんき》かね？」

指摘されたこともあってかやや冷静になる。レグは「いや」と頭を振る。

「方向性としては悪くない。病は気から、と言うそうじゃないか。精神を健全に、良好に保つということをこの時代でも理解できているのだろう」

「まぁ、そうかもしれないけどさ」

明るい気分を維持するためにデート、と言うと途端に難度が高くなったように感じられる。彼女を明るくする方法なんて俺は知らない。そんなもの、あるのだろうか。

「あぁそうそう、デートには僕もついていくぞ」

「はぁ？」

声が裏返る。ニワトリ担《かつ》いでデートしろというのか。こいつは俺の恋路を邪魔するためにやってきたのか？　と疑いたくなる寝ぼけた発言である。未来人の考えは分からん。

「おいおい保護者気取りか？」

「なにが起きるか分からないからな」

もったいぶるようにそんなことを言う。反論しかけたが、相手が相手だけに一考の価値がある理由だと思い直す。こいつだって伊達《だて》や酔狂で未来からやってきていないだろう。そんなやつが人の休日に割り込んでこようとするのは、意味がありそうだ。

「……それは未来人のお告げかい？」

「備えあれば憂《うれ》いなし」

こいつからすれば遥か昔の格言であろうそれを使い、それ以上は語ろうとしない。

なにも知らないなどと言いながら思わせぶりなやつだ。しかし真に彼女を思うのなら、忠告を無下にするべきではないだろう。こいつはなにかを警戒している。

その正体を明確に教えることは、時間旅行のルール違反、なのだろうか。

その線引きが曖昧なので、こちらが主導権を握って話すことができない。

「ついでに人生の先輩として、デート先も教えておこう」

「未来的な香りのするデートを伝授してくれるのか、そりゃ感激だ」

冗談と皮肉を飛ばしていると、レグが至極まじめに、淡々と提案してくる。

そこに未来の香りはまったくなく、検索して探せばそこらにありそうな場所だった。

まさか何百、何千年先までその文化が伝承されているとは思わなかった。

けど、そこってデート先か？

「……えぇ？　そんなとこ行ってどうすんの」

彼女のどうすんの、という口癖を真似するような反応になってしまう。しかしそれに対するレグの返事はなく、座り込んですっかり落ち着いてしまった。こいつは、とその羽を毟《むし》りたくなるが堪えて、さてどうしたものかとテーブルに頬杖を突く。

未来人の発言をどこまで信用するかはまだ俺の中で決まっていない。それをはっきりさせる意味でも、今はその提案を呑《の》んで事態を見守るべきだとは思う。彼女の健康に関係しているというなら、納得できないこともない場所ではあるし。

だがしかしそもそもこんなデート案を彼女が受けてくれるかどうか。それがまた困難だ。だけど俺が本当に彼女を救いたいと思うのならその一歩を、踏み出さなければいけない。他の誰かが代わってくれるわけでもなく、俺が動かないと。

だからできるはずだ、と目を瞑る。

「やれるはずだ」と、目を開く。

そうした念押しは、昔からの癖みたいなものだった。

それから起きているかな、と彼女に電話をかける。生活が不規則すぎて、いつ寝ているのか掴めないからだ。眠っている彼女に電話をかけるとどうなるかは、以前に身をもって知ったので毎回、手に汗握ることになる。

今回は運よく、無愛想で眠たさの欠片《かけら》もない声が聞こえてきた。ついでに走らされて筋肉痛だのといった苦情を垂れ流してくるが半ば無視して強引に用件を切り出す。

「明日のことなんだけど」

『なに?』

「明日は、ジャージ着てきてくれない?」


「会って言いたいことは一つだったのに、会ったら二つになったわ」

翌日、集合場所である地下鉄の前にて。昼前の日差しを浴びて溶けそうな熊谷藍の目が、引きつりながら笑っていた。友好的にはまったく感じられない。

青を基調として白の線とメーカーロゴが入ったジャージを注文どおりに着ている彼女が、不服げに腕を組んでいる。どんな格好も絵になるなぁ、と暢気に見惚《みと》れる。

「これ寝巻き代わり」

視線の意味を誤解したのか、服の端を摘《つま》んで彼女が説明してくる。そうしていると部活動に参加する高校生のようだった。ただし猫背で、こう、未成年にある未熟ですらあるような若さはまったく感じない。ジャージと相まって野暮ったさが先行する。

「で、そろそろ聞いていい?」

彼女の目だけでなく唇の端も引きつったように曲がる。我慢の限界という感じだ。

「もうなんでも聞いちゃって」

なにについてか予測できないはずがないので、開き直る。

彼女が指差したのは予想通り、俺の腕の中で大人しくしているそれだった。

「なにその、ニワトリ」

視線を受けたニワトリがコケーと鳴く。さすがに人前では喋らないつもりらしい。

『デート相手を一目見てみたい』とニワトリに言われたなんて口が裂けても説明できない。ただでさえ、『デートにニワトリを連れてくる人』として現在、熱い視線を頂《ちょう》戴《だい》しているというのに。頭のヒューズが二本ぐらい飛んでいるレベルだ。これでニワトリの素性など語りだしたら頭の配線が全部パーになったと思われかねない。

「あー、そのね……ほら、きみに自慢したくてさ！　飼い出した、ペットを」

どうですかと、抱き上げているニワトリを正面から見せつける。彼女が更に前屈みとなって、間近でレグを睨《にら》む。レグは淡々とした調子で流すかと思いきや、動揺したように頭を激しく振って視線から逃げようとする。思うところがあるのだろうか。

その暴れているトサカを摘みながら、彼女が顔を上げる。

「これ雄じゃん、卵産まないでしょ？」

「そりゃあ、雄ですし」

「朝とかうるさそう」

そう言って彼女があくびをこぼす。今日は何時に起きたの、今日は何時に寝たの。どちらを聞こうか迷い、結局その質問は省いて地図を取り出した。昨日の内に調べて印刷しておいたそれを広げて、進む方向を見定める。少し歩いてから振り向くとその場に留《とど》まっていたので、彼女を手招きする。

「行こうか」

「どこに？」

「デート先」

具体的な場所の言及は避けて、前を向く。言えば恐らくそのまま帰ってしまう。なにか言いたいことのありそうな彼女の視線をひしひしと感じたが、振り向かず進む。しばらくして俺の隣に並んだ彼女が、腕の中に収まっているレグを覗き込む。レグは落ち着きなく首を振り、人間だったら冷や汗が止まっていない印象だ。

「お手」

ニワトリに手はないぞ。コケーと、レグが彼女の手のひらにクチバシを載せる。

「ふぅん、賢いじゃん」

彼女がレグのトサカを摘む。頭を撫でているつもりだろうか。本人は嫌がるように頭を振っているが、彼女は意に介さない。顎の下を撫でて遊んでと、やりたい放題だ。終《しま》いには小さなリボンを取り出して、レグの首に柔らかく結びつける。

息苦しくはなさそうだがその触感が落ち着かないのか、レグが首を大きく振った。

「こう見るとニワトリって怖い顔してるわ。鳥類が恐竜の子孫って本当かな」

「さぁねぇ」

コケーとレグが鳴く。肯定か否定、どっちなのか。未来人は知っているのかもしれない。俺に分かるのは少なくともこのニワトリは違うだろうということだけだ。この世界のどこかに人型のご先祖様がいるはずだ。それは案外、彼女と関係しているのではないだろうかと推測する。

血縁関係でもなければ、わざわざ過去を改変に来ないのでは、と思うのだ。

「なんで連れてきたの？」

唐突に俺へと目線を向けて問う。ペット自慢という説明は軽く聞き流されたようだ。

そりゃあ、そうだろうけどさ。

「色々とやむにやまれぬ事情というものがあって」

語ることはできないので有耶無耶《うやむや》にすると、彼女は意外にも「そうなの」と納得してくれた。

「そりゃ大変ね」

「え、信じたの？」

こっちが驚く。そういうのを鵜呑《うの》みにするほど素直な性格だっただろうか。

彼女は前髪を指に巻きつけて、少しばかり雲行きの怪しい空を見上げながら言う。

「いやだってさ、あんた私が好きなんでしょ？」

平然と言ってくるので、こちらは返事に若干、詰まる。

「そうね」

「だったらこうやって出かけるときも、私に好かれたい、好かれようと思って格好つけるでしょう普通。そこにニワトリ連れてくるかな普通。嫌われたいはずはなく、かといってニワトリで好かれるとは考えないだろうし。だったらなにか、連れてこないといけない理由があんたにはあるんだろうねと、言い分を信じることにした」

彼女の早口での説明に、なるほどと感心する。まったくもってその通りである。よほどの事情がなければあり得ないのだから、あり得ない俺の説明も受け入れられる。

ただそれが未来からやってきたやつがニワトリの姿に扮《ふん》していて、自分を救うためにここにいるとはさすがに彼女も想像できないだろう。大まじめに話しても、こちらはすんなりと信用してくれないと思う。レグが直接語るのであれば、また別だが。

「……ん？」

路地の隙間《すきま》に潜んでいる大型の犬が、俺たちの方を見つめていた。暗がりに佇《たたず》む犬の目はまるで猫のように光度を増している。こちらの視線を感じてか、奥へと姿を消した。飼い犬が逃げ出したのだろうか。

「そういえば、あんたもジャージね」

彼女が頭を上下に振って確かめて、俺の格好を指摘してくる。

「ジャージですね、去年の基礎体育のときに着ていたやつ」

「まさか山登りに行くとかじゃないでしょうね」

彼女がもっとも恐れるであろう事態を危惧し、牽制《けんせい》してくる。

「大丈夫。街中だから」

行ったことはないけど断言して、地図の通りに歩いた。

やがて、俺たち大学生の生活圏から離れた先まで移動して、その段階で彼女の息が既にあがってきていることに気づきながらも半ば無視して辿り着いたのは、周辺に畑がちらほらと見えてくるような、市街地から少し外れた位置にある建物だった。

「なにここ」

彼女が、まさかここ？　と目で確認を取ってくるので、ここだよと頷く。

本日のデート先はニワトリさんのご推薦の、空手道場だった。

彼女が看板を見上げたまま、低い声で俺に尋ねる。

「なにすんの？」

「空手すんの」

昨日の内に体験入門の電話予約は済ませておいた。隣は岩盤浴の店で、更に隣はシュノーケリングのクラブと看板が出ている。統一感があるような、ないような。

どうでもいいかと空手道場へ入る。道場といっても小さいもので、奥行きがアパートの部屋を三つ揃《そろ》えた程度しかない。幅もしかり。木造の床だからか、中を覗くと独特の匂いを感じることができる。実家を少し思い出した。

「すいませーん」

挨拶《あいさつ》しながら、彼女の肩を摑んでおく。逃亡防止に。

「あのさぁ……すごいデートコースね」

「身体《からだ》を動かす楽しみを覚えてもらおうと思って」

「いやいやいや」

彼女がさっさと帰ろうとする。ひっくり返る身体を、更にひっくり返した。

「まぁまぁまぁ」

　強引に押し切って靴を脱がせる。練習のために用意していた門下生の視線が一様にこちらへと向く。といっても、ほとんどが子供だ。休日ということもあり、小、中学生ぐらいが学ぶ時間なのだろう。指導員らしき若い男が、こちらへとやってくる。

「体験入門の方ですか？」

「そうです、昨日電話した……」

「あ、はいはいどうぞ。今から丁度始めますので、ご一緒に」

　手招きされたので畳の上へお邪魔する。視線は俺よりも彼女の方へ注がれていた。恐らくこの歳《とし》で、女性の参加者なんてほとんど見かけないからだろう。一応、子供の中には女の子の門下生もいるみたいだがその子たちは、俺の腕の中にいるニワトリに注目しているようだった。どちらも道理である。

　肩のこわばり、抵抗が薄れてきたので彼女から手を離す。ここまであがってくれば諦《あきら》めはついただろう。振り向いて、心配するなと笑顔を見せる。

「タオルとドリンクは俺が用意してきたから」

「……うわぁ、すてきぃ」

　彼女が死んだ目で鞄を漁り、髪を結ぶためのゴム紐《ひも》を用意する。

　俺はその様子を眺めながら、納得いかないものを覚えていた。

身体を動かすだけならスポーツジムだってある。だが未来人の指定したのは格闘技の道場だった。数百、数千年先までカラテは伝承されているのか、という突っ込みはさておいて、護身のために身体の動かし方を覚えていた方がいい、という意図もあるのだろうか。

それはなぜだ？　彼女の死因は病死のはずなのに。そしてなぜ、俺にまで鍛錬を勧めるのか。俺は関係ない、という考えは甘えなのか。色々と不安になるのは、未来人のばらまく情報の断片が上手く繋がっていかないからだろう。

なにか、嫌な予感がしていた。

髪を上で結っている間、彼女に注がれる視線は収まるどころか倍加する。それは彼女が胸を張ることで、猫背では分かりづらかった身体の膨らみが強調されるからだろう。彼女はなかなかどうして、飾らずに評価するなら胸が大きい。だから中学生や指導員といった連中の視線が集うのも分かる、分かるがしかし、ここにいる男共を一人ずつ八つ裂きか血祭りにでもあげたい。でも現状では小学生と思《おぼ》しき門下生が相手でも返り討ちに遭いそうなので、苦渋を感じつつも彼女を見守る。その最中にコケーと聞こえたので振り向くと、レグが小学生たちに囲まれていた。逃げようとしても子供の足が乱立して、抜け出す隙間を見つけられないらしい。未来人も形無しだと苦笑しながら、その輪に近づいて助けに入る。

「あまりいじめないでやってくれよ」

「なんでニワトリ一緒なの？」

前髪を額の上にチョンマゲしている女の子が素朴な疑問をぶつけてくる。かわいいとは言いがたいジャガイモ顔だが、愛嬌《あいきょう》はありそうだった。

「あぁーっとー、友達だからね」

我ながら無理のある理由だった。でも犬や猫を家族と言いはる人もいるじゃないか。ボールやニワトリが友達でもおかしくない。いや、おかしい。

「遊んでもいいけど、乱暴にはしないでくれよ」

「分かった！」

女の子が無邪気に気軽に約束する。不安だが、未来人を過保護にする理由もない。子供というのは、とりわけ男子というものは恐ろしい。以前、どこかの施設でゴキブリが出没したのだがあいつら、寄って集《たか》って蹴《け》りまくって殺していたからな。子供は基本的に残酷だ。いや人類全体がそうした本質を持っているのかもしれない。

それを隠さないで済むのが子供だけなのかもしれなかった。

「いやぁ若い女の子なんて久しぶりに見たよ。見たところ、健康のためってとこ？」

軽薄な声が聞こえて、レグからそちらへと目をやる。げ、と隠さず不満の声が漏れた。彼女の側にさっきの男が立って、親しげな調子で話しかけている。大学にいる例の昔なじみもああして彼女に迫っているところを時々見かけるので珍しいわけでもないのだが、その度に警戒心を抱くのは変わらない。

「はぁまぁ、そうですね」

彼女が適当に相づちを打つ。目的なんてあっちに聞いてくれとばかりに、俺を一瞥《いちべつ》してきた。慌てて目を逸《そ》らす。それは胸に抱く、焦げ臭い感情を彼女に見透かされたくない一心からだった。彼女が別の男と話しているだけで、いかんともしがたい感情の塊が胸をつかえさせる。俺は嫉妬深く、そしてそれを解消できるほどに彼女との距離が近いわけでもなかった。男は尚も彼女に笑顔で接して、彼女も逃げようと、拒《こば》もうとしない。そりゃあそうなのだが、それでも、自分と接するときと大差ない彼女の態度を見ていると、自分の現状への大きな失望が襲ってきた。

「俺、蟇目《ひきめ》幸太郎《こうたろう》。きみは？」

「熊谷です」

「へぇ、格好いい名前……あ、好きじゃないのかな」

男が見透かしたことに、彼女が目を丸くする。驚くようなことかよ、俺も以前に見抜いたことがあったじゃないか。そのとき、彼女はどんな顔をしていただろうか。

「なんで分かったの？」

「顔に出ていて分かりやすいよ。嫌なら下の名前で呼ぼうか？」

女を下の名前で呼ぶことに慣れていそうな男が、柔和な表情で提案する。

彼女の表情を含めて、見ているだけで頭に影が差し込む。半分、真っ黒だった。

「まだそっちのほうが。熊谷、藍、です。まぁお会いする機会ないと思いますけど」

いいのかよ、と耳の横でなにかが音を立てて崩れるようだった。

「ここに通うなら機会もいっぱいあるじゃない。よろしく、藍ちゃん」

「無理につれてこられただけだから」

一歩距離をつめる男を警戒するように彼女が一歩引くものの、男は意に介さない。

「藍ちゃんは大学生かな、多分……」

彼女について色々と尋ねるあたり、関心や下心がないはずもなく。

ニワトリに気を取られている間に、なんだあの男は。色々と後悔する。

ので、その後はレグが散々、子供たちに追い回されていたが助けなかった。こういうのを逆恨みという。レグはようやく稽古《けいこ》が始まることで解放される。あいつも運動できてよかったじゃないか。それから彼女も不服そうに唇を尖《とが》らせながらも、俺の横に並ぶ。こっちも少し不機嫌になっていることに、彼女は気づいているだろうか。できれば、察しないでほしい。

「昨日といい、今日といい。あんた、健康番組に影響されすぎじゃない？」

「かもね」

恨みがましい目線を流しつつ、ニワトリの翼で払いのけることのできない疑念を問う。実際、どこまでが真実なんだろう。未来人の言い分というやつは。

最初は礼の仕方を教えてもらう。中学のときに独特の臭いを放っていた剣道部の連中を思い返しながら横に倣《なら》い、頭を下げる。元々猫背の彼女は下げているというか、頭を振っただけという感じだ。

そのあとは準備運動も兼ねた基礎訓練が始まる。やり方を教えてはもらえるものの、これがなかなかきつい。身体が硬く、子供たちと比べても動きが鈍い。運動系の部活なんてほとんど所属した経験のない俺には新鮮で、かつもどかしさを感じる時間だった。身体はこんなにも不自由なものだっただろうか、と普段の生活で動かさない部位が悲鳴をあげる中で驚きに直面する。

一方、基礎訓練の段階で脇腹を痛めた彼女が、休んでいていいよと言われて道場の隅で転がるのもあっという間だった。側に座るレグも若干、呆れている雰囲気があった。やっぱりジムとかの方がよかったんじゃないだろうか、と場所選びを間違えた後悔を覚えかけたところで、動く影があった。最初に俺たちを出迎えた男だ。

「蟇目、ちょっと見てやってくれ」

道場主らしき人物に蟇目と呼ばれたそいつが、「分かりました」と頷く。

優男が彼女の指導を担当するらしい。ムッとなる。女の指導員なんていないから当たり前だが、それでも抵抗があった。またあいつか。蟇目の背丈は俺と同じくらいだが、年齢は二つ、三つ上だろうか。ブラウンの髪が緩くうねり、一昔前に流行《はや》った無造作な髪型に近い。指導者という立場からか、人との交流に手慣れている雰囲気があった。安心感というものを与える、柔和さを首からぶら下げていて大学の女にはウケが良さそうだなぁと感じる。そんなのが彼女に近づくわけで、内心穏やかじゃない。衝撃の事実は健在で、彼女は俺の『彼女』じゃないからな。なにひとつ、安心できるような支えはないのだ。

彼女を立たせた蟇目が道場内を行ったり来たりと忙しなく動き、色々とかき集めてくる。彼女の両手にグローブのようなものを巻かせて、自分は真っ黒いミットを構える。彼女には色々とすっ飛ばして、殴る蹴るの体験をさせるらしい。そんなのでいいのかと思うが女には甘いのだろう。なんとしても逃さないぞ、という誰かの情念を感じてしまうのは俺の片想い故の思い込みだろうか。彼女が蟇目の構えたミットめがけて、拳や足を突き出す。その度に一々、蟇目が手を取って指導する。見る度に頭が熱で沸き立つが、見ないわけにはいかない。

身体を無意識に動かす中、何度も覗き見るように横目で確かめて、目を疑う。蟇目の手が彼女の腹と背中に触れて、背筋を伸ばすよう指導している。しかも隣に寄り添って。彼女の背中や腹なんて、俺も触れたこと……あったけど。名前を知る前からあったけれど、しかしあれは事故だ。あんな風に確かな形で触ったわけじゃない。

心に薄いヒビでも入りそうだった。二の腕が固まり、首筋が激しく痛む。気を抜くと目の前がぼやけてなにも見えなくなりそうだった。動きが止まり、よそ見をするなと言われたが、今の俺には正面を向くことがよっぽどよそ見だ。

どろどろと、喉《のど》から生まれた生温《なまぬる》いものが胃の底へ流れ落ちる。どぽどぽと、早くも水面に撥《は》ねる音がして溜《た》まり続けるそれに際限はない。気づけば両腕を下ろし、天を仰《あお》ぎ、喘《あえ》いでいた。ひくひくと喉元が動き、足の裏から指先までが熱い。

彼女の背筋が指導のもとに伸びて、蹴るときの音が少し鮮やかに昇華される。

彼女がほんの少し、生まれ変わる。

そこに導いたのは俺かもしれないが、しかし、そのとき隣に俺はいない。

退屈な講義よりもずっと拘束されている。そんな時間がようやく終わった。

汗だくになって、気分が悪い。彼女はまた道場の隅に転がって「ふひ……」と燃え尽きていたが今は、声をかける気になれなかった。醜《みにく》い、あぁ醜いと踊って自虐したい気持ちを自覚しながらも、俺の中でそれは鎮火するところを知らなかった。

代わりに、俺に声をかけてくるやつがいる。更なる燃料を注ぎにだ。

「やぁどうです、ええと、ニワトリ男さん」

蟇目という男が馴《な》れ馴れしく話しかけてくる。しかも勝手な名前をつけて。

「岬です」

「そうそう岬、くんかな。きみはまだ二十歳《はたち》いってない？」

「はぁ」

蟇目の方は大学の四年生あたりにいそうな雰囲気だった。社会人にしては少々、空気や言動の軽いところが散見されるからだろう。腕を軽く広げて、感想を求めてくる。

「どうだった？」

「どうって」

「単純に、なにかを叩《たた》くことは楽しくなかった？」

お前の顔が的なら楽しいかもな。

「どうなんですかね。手首が痛いです」

最初はそんなものだよと蟇目が爽やかに笑う。その釣り上がった唇の端に指を突っ込んで、上へと引き裂いてやりたくなった。

「でもきみの彼女、面白いよね。殴る蹴るにまったく躊躇《ちゅうちょ》ないの。あれすごいよ」

「あ、へぇーそうなの」

意地もあって、彼女という部分を否定しなかった。これで彼女に聞かれていて訂正されたら恥ずかしいなんてものじゃないが、それでも。虚栄を張りたかった。

「それとさ、すっげー猫背だよね。あれ直してあげた方がいいよ」

この男が彼女の背中や腹部を支えていたことを思い返し、眉《まゆ》に力がこもる。

俺に言ってどうするんだ。

「そうですね」

あっち行けと言える雰囲気もなく、こちらから離れた。蟇目も空気を読んだのか追ってはこない。そのまま振り向かず、さっさとレグのもとへ戻る。

始まる前は追いかけ回されてぐったりしていたレグだが、もう回復したらしい。

「なにやら面白くなさそうな顔だな」

「不愉快だからな」

人目も気にせず、声をひそめないでレグに返事する。レグを抱いて、彼女を待つことなく先に道場の外へと出た。入り口を閉じる寸前に振り返ると、あの蟇目という男とまた話していて、過去最高に色んなことがどうでもよくなりかけた。

用意しておいたタオルは一人で使い、ドリンクも自分だけで飲む。

小さいかなぁ俺と思いつつも、胃の底が痛むのはどうしようもない。

駐車場で、「面白くねぇなぁ」と本音を漏らす。それに対してレグが言う。

「今は種をまく時期。いずれ良い花も、悪い花も芽吹く」

「悪い花？　どういう意味で、そして誰にとって不都合ある花だ？」

「はてさて。僕の時代に美しい花なんて、咲くはずもないが」

レグがのらりくらりとした態度を一貫する。お前の時代なんてどうでもいい。

どうせそんな遠い未来まで、俺たちが生きることはないのだ。

俺は、彼女は。あと何年、生きるのだろう。未来、ちょっとは変わったのかな。

『目の前』がずっと続く、俺たちの時間の感覚ではその変化の波紋を見届けることができない。自分が今、どんな方向を向いているか。それが望むべき場所へ向かっているのかも、分からないのだ。

「……なにか気の紛《まぎ》れる小話でもしてくれ。未来的小話がいい」

お前がこんなところへ行こうというからだ、と八つ当たり気味に要求する。

「ニワトリに無茶を言う」

愚痴りながらも、レグの頭の動きが止まる。そして、注文通りに話し出してくれた。

「僕がこの時代に生息しているニワトリの姿を取っているのはもう一つ理由がある」

「ほぉ、なになに？」

「適応できないからだ。人間や地球環境というものは目に見えないながらも日々、変化しているものでね、何千年と未来の地球で生まれ育った者が過去の星で暮らすなど不可能に等しい。十日もあれば免疫のない病原菌に滅多打《めったう》ちにされて死んでしまうだろう。そうならないためにこの時代のニワトリとして身体を用いるしかないのだ」

「へー」

なかなか有益な未来の情報だった。が、なぜそこでニワトリをチョイスしたかは不明瞭なのであった。蛇《へび》やワニ、それこそ熊の姿で来られても困るところではあるが。

さすがに同居しづらい。抱きかかえたレグを思い立って空に向けて放つと、その翼が慌てたように広がった。灰色の空を貫き、白扇《はくせん》が雲を吹き飛ばすように薙《な》ぐ。

が、しかしニワトリの翼である。滑空して緩やかに地面へと降り立つのは当然の流れだった。降り立ったレグが走ってこちらの足もとへと戻ってきた。空を飛ぶよりも走る方がずっと速い。俺もまた一気に飛躍は狙わず、歩き続けて積み重ねろと言われているようだった。

舞い戻ってきた未来人は向き合いながら語る。

「未来が常に、現在に背を向けているとは限らない」

歩み寄ってくれることもあれば。

向き合い、対峙《たいじ》し。壁となることもある、と。

食事に誘ってはみたが、心晴れ晴れで言葉弾む、とはいかなかった。

彼女はともかく俺まで口数が少ない。なにも考えずサイゼリヤに入ってトマトパスタをすすってはいるが、味の方はよく分かっていない。そもそも俺はトマトが苦手だ。

「うー、早速手足が痛くなってきた、気がする」

彼女がフォークを摑んでいる手を振る。しかしそう語る言葉は軽い。寝不足に締め付けられた彼女の曇りが晴れて、爽やかなものを覗かせるのは本当に珍しい。

それをもたらしたのが俺ではないことに、渦巻くものがあった。

ちなみにレグはさすがに持ち込めないので、駐車場で待ってもらっている。入る際に彼女が『逃げないの？』と聞いてきたけど『大丈夫』と押し切った。レグもその流れに逆らうことはなく、率先して動くように駐車場へと向かった。

漠然として、確証はないけれど。『見張り』も兼ねているのかもしれない。

「なんか、楽しそうだな」

嫌なものを混ぜて指摘すると、彼女が「まぁ」と軽く頬を掻く。

「スカッとしなかった？　なにか殴ったり蹴ったりしたら」

彼女が嬉々《きき》として尋ねてくる。これではまるで、俺が道場に誘われたようだった。

「きみは、したのかな」

「なかなかね。人を殴るの上手いねって褒められたし」

褒め言葉かそれ、と少し引く。ようするに躊躇がないってことなんだろうか。

他に理由ないのかい、と聞こうと思ったけど自制して、フォークを皿に突き立てる。

なんだかんだ気に入ったらしく、声の弾む彼女はこの調子だと、これからもあの道場に通い続けるかもしれない。それは俺の、いやレグの望み通りの結果なのだろう。

それで彼女が健康に近づき、病気を回避する可能性があるのなら万々歳といえる。

「…………………………」

綺麗《きれい》な感情ばかり拾い集めれば、そうなる。だけど俺は、聖人君子じゃない。

割り切れないもの、飲み込めないものはたくさんあった。

彼女と蟇目がこれからも会うというのは、そういうことだ。

「あんた、なんで不機嫌なの？」

俯いている俺に、彼女がとうとう尋ねてくる。もっと前から気づいてはいただろう。

「え、いや、別に」

否定するものの、彼女はそんな言葉、頭から信じていない。

「道場でなにかあったかな……」

彼女がフォークを置いて頭をひねり出す。

まずいな、と汗が出る。彼女は鈍感なわけではなく、むしろ察する力が強い。

案の定、俺がなぜ不機嫌に陥ったかすぐに気づいたようだった。

「あんたなに、もしかしてあの道場の人に嫉妬してるわけ？」

言葉に詰まる。好きなんですよねと指摘されるよりもきまりが悪かった。

綺麗なものじゃないからだろう。そこには恥ずかしさより、気まずさがある。

「そりゃあ、するんじゃないか」

照れが先行して他人事めいた調子になってしまう。

「盗《と》られるんじゃないかとか、そう思うの？　ま、確かに話し込んでいたけど」

彼女がどこか楽しそうに問う。答えないでいると、一人で納得してしまった。

「なるほど、あんたから見るとそうなるのか。うん、なるよね」

彼女はなぜか感心したような口ぶりだった。こっちとしては反応に困る。

そして彼女は、なにも保証しない。大丈夫だとも、心配するなとも言ってくれない。

当たり前だ、俺と彼女の間に確かな結びつきなんていうものはなく、この不安や焦《しょう》燥《そう》、苛《いら》立《だ》ちはすべて俺の片想いから生じているのだから。彼女からしてみれば、俺の都合はこの際どうでもいい、と感じることだって多々あるはずだ。

しかし、と反論したい。けれど、思いの丈をぶちまけたところでどうにもならないような気がして、唇の裏側にぶつぶつでも溜まっていくようにやりきれないものがある。ストレスが解消できずに胃を痛めるのも時間の問題だろうか。

なにもかも知っていそうなニワトリは、なにも語ってくれない。それさえも本当は、あいつの目的に沿った行動の一環かもしれない。疑えばどこまでも世界は疑念に溢れて、情念に身もろとも焦がしていくようにさえ感じた。

昨日の、食堂での会話を思い出す。

あの返事を先延ばしにしたことは本当に正解だったのか。

俺の未来は僅《わず》かでも俺の思うがままに、伸びていけるだろうか。

「…………………………」

中途半端に未来を知ることの恐怖は、予想より堪《こた》える。

だが、しかし。

そうして不安にすり潰されそうなとき、俺のあげる悲鳴に似た叫びはいつも同じだった。心を水平に置き直すような心境で、その使い古された言葉をなぞる。

舌で、心で。

「……できるはずだ」

やれるはずだ、と。


帰り際、怪しかった雲行きがとうとう崩れて雨が降り出した。

折り畳みの傘は持ってきていたが、レグを下ろさないと鞄から取り出せないし小雨なこともあってそのまま歩く。そうするとレグの鼻や羽にも雨粒が撥ねてそれに気づいたらしく、動揺するように激しく、左右に首を振り出す。雨に当たることを恐れるようでもあった。周囲に怪しまれないよう、小声で様子を窺ってみる。

「どうした？」

「いや……この時代は、この場所は雨から逃げなくてもよいのだな、と」

通り過ぎる連中もほとんど傘を差していないことに、レグが驚いているようだ。

未来では、雨とは危険なものに成り果てているのだろうか。

「僕の暮らす地域では硫酸《りゅうさん》の雨が降っていた」

未来は想像以上に末期のようだった。

渓谷《けいこく》には硫酸の滝でも流れているのだろうか。

「よくそんなところに住めるな」

「他に土地がないんだ。人が増えすぎたのだよ」

レグが冷淡な調子に自身の時代を評する。その間も雨は降り続いて、少しずつ雨脚が強まっているようだった。鼻を濡《ぬ》らすその冷たさに身震いしながらも、俺たちは雨をあるがままに受けて、前へ進む。その途中、行きにも見かけた犬の視線を再び感じる。建物の間に同じく潜み、確実にこちらを凝視していた。そして、すぐに消える。

ただでさえ気分の優れないところに、動物にまで睨まれるというのはよろしくない。

未来の不透明さと重苦しさに、段々と息が詰まっていくようだった。

そのまま街の歩道で立ち止まり、ふと見渡せば人、人、人。
忙しい人、走る人。誰かを呼ぶ人、携帯電話をいじる人。
ビルより乱立した人の森。
今だって、人は多すぎるほどだ。
何年も経てば経つほどに増え続けていくだろう。
だけどその溢れるほど有り余った人類の中に、彼女はいない。
だからそんなに暗黒なんだろうな、と勝手に決めつけた。

二章『誘蛾灯』

彼女、熊谷藍を初めて見かけたのは大学一年生の後期のことだった。

長い夏季休講を挟んで萎《しな》びた学生共が小高い坂を上って、学び舎を目指す昼下がり。俺も坂を上る一団に紛れ込んで、汗をお供に学校を目指していた。太陽が燦々《さんさん》と輝いていることもありとても顔を上げて歩く気にはなれず、靴のつま先を見下ろして。

そうしていると最初は視界に入らなかった、俺の先を行くやつの足が目の上から降るように飛び込んでくる。ワンピースの中から白い足がすらりと伸びていた。

女の子か、と意識すれば男として当然、顔を上げる。真夏の日差しも色づいた好奇心には敵《かな》わない。そうすると酷い猫背の背中がお出迎えしてくれた。恐らく今、坂を歩く連中の中で誰よりも姿勢が悪く、消耗した雰囲気を纏《まと》っていただろう。

だがなにより目立つのは、その猫背や肩甲骨を覆うように伸びた髪。

黒く、しかし清廉に統一された長髪が絹織物のような美しさをもって俺の心をくすぐる。それに一目で心奪われて、顎がだらしなく上がってしまう。

素敵だった。その向こうに広がる濃厚に青い空も含めて、すべてが心揺さぶる。

しかし顔を上げたせいで、その美しいおみ足が完全に立ち止まったことに気づくのに遅れてしまったのだ。急に彼女の背中と距離が縮まり、不審に感じた直後、ふわりと広がった黒い髪が俺を捕食するように視界を覆う。艶やかな夜に包まれて惚《ほう》けているとその暗がりの向こう側から衝撃がやってきた。緩みきっていた俺の鼻を彼女の後頭部が潰し、ついで肘《ひじ》が食い込むようにこちらの胴体を打つ。とても支えきれず、俺たちはそのまま一緒に坂を転がり落ちてしまった。絡み合ったまま本当に、坂の一番下まで転がってしまった。坂を歩いていた学生は一様に道を空けてくれて、いや止めてくれよと激しく上下して酔いそうになりながら世のすべてを恨んだ。

道路に寝転んで、その熱を肌で感じたのはいつぶりだっただろう。

出来上がった傷をその熱で焼かれるようで、不快だった。

ガードレールの支柱にぶち当たったことで車道まで飛び出すことはなかった。命拾いしたことにホッとしながらも全身を激しく痛めつけられて、すぐには起き上がれない。俺がクッションの代わりとなったので少しばかりは傷の浅い彼女が一向に起き上がろうとしないので不審に思い、肩を押して転がしてみると白目を剝《む》いていて、伸びきった黒髪とあわせてさながらホラーだった。正直、腰を抜かした。

彼女は日射病で意識を失っていたのだ。俺はそれに巻き込まれた形になる。

夏場故に露出していた手足はすり傷だらけで、血がにじんでいた。未《いま》だに目を回して虚《うつ》ろになっている彼女を担《かつ》いで保健室に飛び込んだ俺は消毒やらなんやらに大人気なくひーひー喚《わめ》き、意識を取り戻した彼女に至っては顔色の悪さから不健康な生活まで徹底注意を食らい、最後はなぜか俺に恨みがましい目線を送ってきた。

保健室を出てから開口一番、『支えてよ』と彼女が自身のことを棚に上げて毒づいたので、俺は『じゃあこれからは一生支えるよ』と答えた。彼女は最初、冗談だと受け取ったらしく曖昧に笑う。

『そりゃ結構』

『笑えるわ』

うんうんとお互いが頷く。どちらも目の上に絆創膏《ばんそうこう》が貼られていた。

『でもあんたのお陰で怪我《けが》少なくて済んだから……えっと、ありがとう、とごめん』

『あぁ気にしないで』

お陰で、こうして出会えたのだから。

元より顔見知りでもない間柄だ、これで一旦区切りをつけてお別れになると思ったのだろう。しかし俺が一向に横から動こうとしないためか、彼女が慌てたように腰を曲げて、顔を覗き込んできた。

『まさかでしょ？』

『まさかじゃないよ』

彼女が唇をへの字に曲げる。落ち着きなく地面を踏み、踵《かかと》を鳴らし、最後にまた俺を見上げた。保健師に指摘されたとおり、顔色は優れない。建物の陰にいると一層、その薄暗い印象が際立つ。

だけどそんな青白さの中、頰に微《かす》かな赤みが差して、とても綺麗なものに見えた。

『本気なのか……』

そのときの、彼女の微妙な表情は忘れられない。

これが彼女との出会いだった。

劇的なような、運命を感じるような。

もしかするとそのときも、未来人が俺の脇を通り抜けていたのかもしれない。


「クイズを出そう。料理に一番大事なものは？」

「腕前」

大正解だった。愛情があるから上達する。上達するから愛着が増す。

愛情だけで真摯《しんし》な料理は作れるかもしれないが、上等な料理ができるはずもない。つまり俺が作った肉野菜炒《いた》めは、愛だけてんこ盛りで他が疎《おろそ》かというわけである。彼女の渋い顔がそれを物語っていた。一応、練習はしてみたのだが今のところ、市販のダシを使ったもやし炒め以外の最高評価は『そこそこ』だった。次に目指すべきは、『まぁまぁ』かな。

「でも満腹。ごちそうさま」と挨拶してから、彼女が寝転ぶ。けれどすぐに「いかんいかん」と寝返りを打つ。最初は身体の左側を下にしていたが、転がって右側を下に向けた。それを眺めながら「お粗末さま」と食器を重ねて、流しまで持っていく。

「次回食べたいものとかある？　参考に聞いておくけど」

彼女に料理を振舞うのは俺の料理の練習台、という名目で説得してある。

「あー、じゃあ、野菜の少ないやつ」

「小学生みたいなリクエストをありがとう」

ちなみにここは俺の借りているアパートで、時刻は午後六時を回ったところだ。彼女が空手道場に通い出してから夏休みを挟み、はや九月下旬。大学の後期が始まり、彼女との出会いから一年が経過したことになる。俺たちを取り巻く環境は色々と変わりつつある。悲しいのはその変化は俺と彼女でそれぞれ独立していて、共通項というものが酷く少ない、ということだろうか。

彼女の寿命は二年と十ヶ月となった。この二ヶ月間でどの程度の成果が出たのかは判然としない。未来が変わっているという大まかな目安ぐらいは見えているんじゃないかと未来人に聞いても、知らぬ存ぜぬの一点張り。クチバシの堅いニワトリである。

そのニワトリは食事も終えて大人しく、テレビの側で休んでいる。ちなみにこいつはエッグマッシュやミミズといった食事を嫌がり、人間様と同じものを所望してくる。当然といえばそうなのだが、味の好みが偏っているので用意に苦労する。

蛇口《じゃぐち》をひねって水を流す。自宅の食洗機を羨《うらや》みながら、一番上の皿を洗う。そうしていると水の音に混じって、部屋から彼女の声が聞こえてきた。

「なんかさ、身体の右側を下にして寝転ぶ方が消化にいいんだって」

「あぁ、聞いたことあるよ」

「ふぅん。みんな知ってるんだこれ」

みんなという部分に誰が該当《がいとう》するのか気になった。

「誰に聞いたの？」

「蟇目さん」

「あっそう」

彼女の口からその名前の出る回数が増えたことに、俺は憤《いきどお》りを隠せないでいた。彼女がどんな交際をしようと自由だが、俺の心は自由ではない。反発も嫉妬も、全部、俺の素直なあり方だ。それでなにかが変わるわけでもなく、悶々《もんもん》と、痛みを抱えることになったとしても。胃にストレスの赤い筋が走り、ひび割れているようだった。

「そういえば今日、蟇目さんに聞いたんだけど……」

蛇口をひねる。水量が増して、彼女の声が聞こえなくなる。皿に撥ねた水が周囲に飛び散り、流しと俺へ滴を振りまく。音の大きさで耳がふさがるせいか皿を洗う手が曖昧なものとなり、ぼうっと、意識が不確かになる。一年前に彼女と出会ったときのことや、道場へ体験入門したときの情景がよみがえる。ミルフィーユ状になった記憶の断層が俺に差し迫り、身体や意識を覆い尽くそうとしてくる。

されるがままに記憶の地層に埋もれながら、皿に弾けてあらぬ方向へ飛んでいく水滴に自らを重ねる。

未来は、変わってしまったのだろうか。

以前の彼女の生活には指針がなかった。何時に○○する、というものが明確ではなかったのだ。食事に無頓着《むとんちゃく》で、睡眠時間も不定期。ついでに大学の講義も出席が曖昧とくれば、時計の輪郭と身体がぐにゃぐにゃになるのも当然といえた。

子供が夏休みの前に作らされる、一日のスケジュール表が彼女には必要だった。そのスケジュール表を一つ埋めたのが、空手道場となる。道場に行く前になにかして、行った後になにかしてと生活の目処《めど》が立つ。たとえ中心がどうであれ、彼女の生活が少しでも規則正しいものとなったのは歓迎すべきだろう。

『蟇目さんって』

『そういえば蟇目さんに教えてもらったけど』

『蟇目さんが今日実演したんだけど』

『蟇目さんの卒業した大学って』

『こないだ蟇目さんと食べにいったとこで、おいしいとこが』

「……こういうのを、除けばな」

蟇目の話をするときに顔色がよくなるので、俺は代わりに悪くなることにしている。

俺はあの道場に通わず、早朝にひたすら走り込むことにしていた。幸い、大学の運動場は近い。勝手に入って、気ままにトラックを走っている。山が近いこともあってか空気は街より清涼で、朝方は少し寒いぐらいだがかえってその方が動きやすかった。レグに指示されたとおり、体力づくりだけは欠かさないようにしている。

以前にあいつが言った、『花の咲く時期』に備えて。

なにが来るかは色々と想像もした。体調を破壊するような寒波、新型のウィルス、彼女を死に至らしめる過程を様々に予想する。その度に訪れる疑問なのだが約三年後に彼女が死ぬということは、逆に言えばそれまで彼女は絶対に死なないと約束されているのだろうか。幾度となく考えたが、そんなことはないだろうと思う。もし世界に運命があってどうあっても抗《あらが》えないなら、俺のやっていることはまったくのムダになるからだ。でもそれだと三年後を特別警戒するのもおかしな話となり、頭がこんがらがる。少なくとも洗い物の片手間に考えて結論が出るようなことではなかった。なんにせよ、警戒せよとのお達しが出ているのだから危険がいつ訪れてもいいようにことを急ぐ必要がある。生活の時間が多少改まって、次に手をつけるのは食生活だと目を向けた。そこで彼女に食事について聞き出したところ、悲惨《ひさん》な内容が浮き彫りになった。そもそもなにも食べない場合が多いという、もっとも困った形である。

『料理できる？』『無理』『外食は？』『めんどい』『お腹は？』『空《す》いた』

だったら俺が作って食わせよう、という結論に至った。俺自身、料理に一家言あるわけでもないので試行錯誤を繰り返しているが、蓁目に食事に誘われることが多いということを聞かされて、だったら蓁目に食わせてもらえと言いたくなる気持ちと、それに対抗しようと思う気持ちがせめぎあい、今も複雑な心境のままフライパンを振るう日々が続いていた。俺の行いが彼女に影響を与えるとしても、俺自身に良いものを与えているのだろうか、と。

「聞いてる？」

にゅっと、彼女の頭が部屋から飛び出してこちらを覗いてきた。寝転んだまま動いてきたらしい。まったく聞く気もなかったがはっきりそうとも言えず、蛇口のせいにする。

「あー、水の音がうるさかったから」

真っ白になった皿を見せながら、蛇口を指差す。水の勢いが強くて床まで濡れていることに転がる彼女が気づき、そこから察するものがあったらしい。バツの悪そうな顔になる。親に叱《しか》られた子供のように、肩と眉毛が萎《な》えていた。

「なんか、悪いね。うん、悪かった」

「いや、別に……」

謝られると、余計にやるせなくなる。

彼女は悪くない。彼女からすれば、悪いはずがないのだ。

「でもこういう話、他にする相手いなくって。友達いないからさ」

俺にだって話す内容ではないと、思わないのだろうか。

「あ、そうそう。回し蹴りできるようになったよ」

強引に話題を変えて、振ってくる。「へぇー」と義務的に驚くと、「見せてあげよう」と彼女が嬉々として立ち上がる。見せたくてしょうがなさそうである。

水を一旦止めて彼女に注目するが、大丈夫かなと一抹《いちまつ》の不安が生まれる。ここは大豪邸の一室じゃないのだ、足を壁に引っかけて大惨事とならないだろうか。戸に踵がぶち当たり、大家から厳重注意の未来も見えてくる。

彼女が部屋の中央に立つ。自然、真《ま》っ直《す》ぐ伸びている背筋に微妙なものを覚えながらも見守る。彼女の足が俊敏に身体を運び、俺へと背を向けるのと同時に右足が横へと一閃《いっせん》した。想像より綺麗に足が上がった。そして回り方がシャープだ。同時に回転する髪の動きに目を奪われて、足を半分ぐらいしか見ていなかったのは内緒だが。

大味ではなく引き締まった軌道を描いて、壁や戸に足をぶつけることもなかった。不安が杞憂《きゆう》に終わり、振りぬいた足の残心を安堵《あんど》しながら見届ける。道場通いの成果は着実に出ていた。

蟇目と遊んでいるばかりじゃないんだな、と内心で皮肉をこぼす。

足を戻して得意顔の彼女を見て、俺の部屋へ夕飯を食べに来た理由を察する。

今日はこれだけ披露しにやってきたという感じだった。

蟇目の存在がちらつき、手放しに賞賛できないけれど。

「じゃ、帰るから」

見せたら本当に帰るつもりらしかった。いやまぁ、いいんだけどさ。

「おぅよ。送っていこうか？」

いつ危険が彼女に迫るとも知れない。そうした事情あっての提案だったが、そんな事情など知る由もない彼女は「まだ日も沈んでいないし、大丈夫でしょ」と断る。

これが蟇目だったらお願いしますとでも答えたのだろうか。

最近はこんな、灰色を生み出すもしもばかり思いついて、自滅している。

玄関で見送って、彼女が部屋からいなくなり、肩が軽くなる。双肩には緊張と失意が載っていた。

大きな溜息《ためいき》が、部屋に二つ。……二つ？　と足もとを見る。レグがいた。

羽繕いの途中だったはずだが、律儀に見送りに出てきたらしい。

「何度会っても緊張するものだな」

肩でもまわすように、いやそんなものないけど、頭を激しく振る。

「なんで？」

「単純に、彼女に僕の正体がばれないかと不安なのが一つ」

いやぁ、それはないだろう。手を横に振るが、レグはこちらを向かない。

「気を抜くとつい、喋ってしまいそうだからね。言葉が分かると知れれば問答を求められる。彼女に正体が露見したら僕はこの時代にいられない。彼女に干渉していることを連中に感づかれてしまうし」

「連中って？」

「……僕の時代にいる、口うるさいやつらさ」

レグのその語りは、嘲《あざけ》りをこめたような調子だった。お友達ではないみたいだな。

「一つと言ったな。他にも理由があるのか？」

うむ、とレグが頷く。しかしニワトリとの会話に一切の違和感がなくなったなぁ。重症だ。救いはこいつがニワトリなことだ。犬や猫だったらありふれているから、他所で別のやつに出会ったときについ話しかけてしまうかもしれない。ニワトリは目にする機会が少ないので、そうした失敗は犯さないだろう。

「彼女、熊谷藍は僕らの時代の教科書に聖女として掲載されている。偉人なのだよ」

「……聖女？」

「大げさに思うかい？」

「女神の方が俺の気分に合っているなぁ」

聖女は水平だが、女神は上空でも漂っていそうな印象がある。走れば手が届く位置と、飛んでも届かない場所。縦と横の違いがあった。

「で、なぜ彼女が聖女なんだ。なにかした……いや、彼女が死ぬことに関係が？」

「さぁーて、なぜだったか。僕は不真面目で、教科書なんか熱心に読まないんだよ」

お得意のはぐらかしで、最後にふさふさの尻を向けてくる。以前に巻かれた首のリボンはつけっぱなしだ。案外、気に入ったのかもしれない。彼女からの贈り物とは羨ましい。妬《ねた》ましい。今度、リボンを洗う際にいたずらでも施《ほどこ》してやろう。

などとレグをいじめる算段を立てつつも、なにも答えない以上は自分で想像するしかない。教科書に載る死。つまり彼女は織田信長《おだのぶなが》であり、ナポレオンである。

彼女が死ぬということは、個人的な観点からではなく、もっと大きな意味合いを持つのかもしれない。聖女というぐらいなら悪い方には取られていない。つまり彼女の死は後年の人間にとって意義がある。それをレグは変えようとしている。

……ひょっとしてこいつ、悪人か？　それならば未来や素性についての口数が少ないのも頷ける。後ろめたい悪人は言葉少ないものだ。俺にとっては彼女の死を改変する機会を与えた、神に等しい存在なのだが。

家に帰った時間を見計らい、彼女にメールしてみた。

『もう寝た人ー』と送ってみると、十秒ぐらい経って『ぐーぐー』と返事が来る。

「寝てねー」

お手上げのポーズを取りながら、その場に寝転ぶ。このまま寝てしまえばきっと、明日になるだろう。寝ても、起きて行動していても時の流れは等しく明日へ向かう。

それならば今の俺はなにかしてもいいし、なにもしなくてもいい。満腹も手伝い、そんな心境だ。ぜひともなんとかしなくちゃ、なんて意気込みは薄れつつある。

「……………………」

結局、俺はどんな未来を望んでいるのだろう。

もし彼女をあの道場に連れ出さなければ、彼女と俺はもう少し仲良くやれていたかもしれない。ただしその場合、三年後には死んでしまうんじゃないかと思う。

それを俺は望まない。それだけは絶対だ。

俺はその未来を否定する。変えようと、避けようと今も動いている。

だけど現実の厳しいところは望まない方向を避けて歩いたとしても、別の方向に俺の望む景色があるとは限らないことだ。それどころか世界中のどこまで歩いても、俺の望むものなんてのは用意されていないのかもしれない。それでも今の道を歩き続けることができるのだろうか。そんな覚悟を、どう養えばいいのか。

目を瞑っても、なにをすればいいか指針が立たず。いつもの言葉が浮かんでこない。代わりに訪れるのは微かな疲労感に付け込む眠気の波。砂浜に染みるように、心に沈んでいく。後片付けがーとか、食べてすぐはーとか申し訳程度の防波堤はあるものの次々に、眠気の波に突破されてしまう。そのまま固い床の上で一眠り、と睡魔に負けそうなところでふと、先ほどの彼女とのやり取りがよみがえる。

あぁそういえば。身体の右側を下にした方がいいんだったな。

思い出した瞬間、目の下に熱でも走るように鋭いものが駆け抜けた。瞼が驚いたように押し開かれて、天井の照明を見つめる。息を吹き返したように、曖昧になっていた手足の感覚が呼び覚まされる。

歯軋《はぎし》りが少し遅れた目覚ましのようだった。

むくりと起き上がり、毒を吐くように眠気を追い出す。

俺は、俺の愛の形を知らなければいけないのかもしれない。

俺が望むのは与えることか、恵まれることなのか。見定めなければいけない。

「きみと俺は結ばれる運命にあるんだ」と言ったのは俺ではない。

そんなことを衆目の前で宣言できるほど、俺は破廉恥《はれんち》じゃない。ましてや友人がどこで見ているか分からない大学の敷地内で、そんなことを臆面《おくめん》もなく言えやしない。

彼女こと熊谷藍に向けて赤面ものの台詞《せりふ》をのたまったのは、田之上東治だった。前期試験の頃からほとんど姿を見せていなかった男が、彼女と正面から鉢合わせた途端にこれだ。俺が大学の中央棟で彼女を見かけて、声をかけるか迷っていた矢先の出来事だった。俺も彼女も、思わず足を止めてしまう。

どうしちゃったの田之上くん、と冷めた目で事態を静観する。彼女も面食らって、言葉が紡《つむ》げない様子だった。距離を取っている俺にはどちらも気づいていないので、ここは存分に見守らせてもらうつもりだった。以前は田之上東治にも警戒心を抱いていたが、蟇目という存在が台頭してきて以降はなにも脅威《きょうい》を感じなくなった。

同時に、優越感も失われてしまったけれど。

「そういう未来になっているんだよ」

田之上が熱く宣言する。呆れていた心が引き締まり、警戒色を灯《とも》す。

高揚しているその頬や立ち居振る舞いに、なにかしらの唐突な介入が透けて見えた。

「そ、そうか」と彼女がぎこちなく頷き、控えめに手を振って足早に逃げていく。

田之上は追いかけることなく、「焦ることはない」と、悲観も見せない。目の前に一喜一憂することなく、遠くの景色を見据えて笑っているようだった。俺の経験上、片想いを抱えている最中にそんな余裕を見せられるやつはまずいない。よほど、事情がなければ。

「未来、ねぇ……」

田之上の発言で引っかかった部分を反芻《はんすう》する。

「気になること言ってくれちゃって」

未来が云々《うんぬん》とくれば、否応なく連想するのは、喋るニワトリ。

未来に世界が一人ぼっちということはないだろうし、あいつの言う時間旅行の免許だって世界で唯一というはずもなく。となれば、別の未来人の存在を疑う。

それが田之上東治に入れ知恵している可能性はあった。彼女の周辺で行動に異変をきたしたやつはもれなく疑うべきだ。俺自身も含めての話だ。ので、田之上東治を追いかけることに躊躇はなかった。中央棟の入り口から飛び出た田之上はそのままの勢いで階段を駆け下りている。二段飛ばしで下りる絶好調なその後ろ姿に呼びかけた。

「おーい！　田之上ー！」

友達でもなんでもない間柄だが、親しい調子を装ってみた。田之上が振り向く。

ついでに入り口脇の喫煙所に座っていた軽そうな連中も注目してくるが、振り向くと余計に恥じ入りそうだったので極力、意識しないよう努めた。

「あ？　なんだ、きみか」

彼女の界隈《かいわい》でお互いによく見かけるが、実際にこうして話すのは初めてじゃないだろうか。知っていることはどちらも『邪魔者』であることぐらいだが、しかし田之上は笑っている。余裕、見下し、嘲り。俺を下に見る笑い方だった。

いったいその頭の中で、どんな化学変化が起きたのやら。

「なんだか随分と調子がいいみたいじゃないか」

「んっふ、どぅふ、まぁね」

余裕を装おうとしているが、笑いが堪えきれていない。なんだこいつ。

「なんかいいことあったのか？」

「あーいやーまー、うーん。うんまぁ、うん」

思わせぶりに何度も頷く。話したくて仕方ないが、話せない事情がある。

口もとや頬を少し観察してみれば、簡単に気づくことができる。……ふむ。

「ま、きみも色々と、うん、がんばれよ」

田之上が俺の肩を叩いてくる。勝ち誇り、それを疑わない顔だった。

「がんばるけどさ。話は変わるけど、お前、料理ってできる？」

笑い通しだった田之上が、そこで若干戸惑いを見せる。

「変わりすぎじゃないのか……まぁ、自炊しているから多少は」

「そりゃいい！　なぁ、俺に料理を教えてくれないか」

田之上をなぞるようにテンションをあげてみる。高度と一緒で維持するのは辛《つら》そうだ。エネルギーの消耗を体感するし、なにより周囲の視線が気になる。

「なんで俺がきみにそんな親切にしなくちゃいけないんだ？」

田之上が正論を述べてくる。そりゃそうだ、お前とは友達でもなんでもない。

「お前と彼女の思い出話っていうの、あるだろ？　色々聞いてみたくてな」

友達ではないが、ここまで浮かれているなら操縦はたやすい。田之上の立場に立って、自慢したくて仕方ないであろう部分をくすぐる。彼女が蟇目との話を語りたいように、田之上もまた、彼女との話を誰かに語りたくてしょうがないだろうから。

交友を第三者に面白おかしく伝えたい、というのは誰もが持つ気持ちだ。

聞くほうは大抵、面白くもなんともなく、愛想笑いがお供となるけれど。

「そういうことか」

「そういうことだ」

田之上がニッと前歯を見せる。敗北宣言とでも受け取ったのだろうか。

想像より単純なやつだなぁと、俺も内心で笑う。

ある種、顔見知りよりも通ずるところがあってか、「そういうことなら」と爽やか気取りの田之上が話を受けてくれる。俺を牽制する目的も兼ねてはいるだろうが不思議と、そこに淀みを感じない。案外、こうして顔を合わせると抵抗は少なかった。

どうせ聞いているだけで蹴り飛ばしたくなる話ばかりだろうけど、やむをえない。

こいつをレグに観察させてみる必要がある。ムダかもしれないが、こいつの頭のお花畑を判別してもらうためだ。天然ものか、それとも遂《つい》に咲き始めた花なのか。

二人揃って両腕を広げながらうふふあははと大学の坂を下る。

「いやぁ、いい天気だねぇ！　秋の空は高く透明で美しい！」

「ほんとだねぇ、俺の心境に相応《ふさわ》しいよ！」

うぇいぃひはっはははは。

俺のは冗談だが、こいつは間違いなく本気だ。

未来人より先に、おくすりの方を疑うべきだったかもしれない。

「やぁお帰り。さっき出て行ったばかりな気もするが」

「漫画没収」

レグの足もとの漫画本を取り上げると、コケーと悲壮に鳴いた。

田之上東治はアパートの外で、少し片付けるという名目で待たせてある。なにを根拠にか知らないが妙に余裕を見せているので簡単に受け入れてくれた。

「なにをするか。紙媒体をこの時代でも僕から取り上げるとは」

「押入れに隠れてくれ。万が一ということもあり得る」

レグの尻を押して押入れまで運ぶ。「なんだなんだ」とレグの頭が左右に動く。

混乱を鎮めるために押入れを開きながら事情を説明した。

「今から、もしかすると未来人と接触しているかもしれないやつがくる。お前を見られると相手も感づきかねないから、隠れて相手を見極めてほしい」

簡潔な説明だったが、レグがすぐに「そういう話か」と納得してくれる。

「いいとも、それは僕も気になるところだ。……その男も熊谷藍の知り合いか？」

「まぁな。彼女と結ばれる運命なのは自分とか言い出した」

「ほほぅ」とレグが翼を口もとにやる。が、「んん？」と直後に首をひねる。

「それは単におめでたいだけではないのか？」

「だからお前に判断してもらおうと連れてきた。さぁ入るのだ」

押入れに押し込める。中に眠る冬用の厚手の掛け布団が鳥臭くなる恐れはあるが、仕方ない。押入れを閉じる前に屈んで、レグに注意しておく。

「癖でコケコケ鳴くなよ」

「努力しよう」

「あと床や押入れの戸を突くなよ。押入れからつくつく音がしたらホラーだ」

「そちらは保証できない」

「……ニワトリのサガも根深いもんだな」

こちらはやつのおめでたさに期待しよう。あの浮かれ具合なら、目の前の殺人事件ぐらいまではスルーしそうだ。そんな男なら多少の怪奇現象はなぁなぁで流せるだろう。だめなら最悪、ネズミかゴキブリの養殖でもやっているとうそぶけばいい。

玄関で靴をいい加減に履きながら、閉じた押入れを振り返る。

男と説明していないのに、来るのが男だと断定したな。

よほど、俺が女に縁遠いと思われているのか。彼女も含めて。外に出て、待たせてある田之上東治を招きよせる。両腕を掲げて全身でXを描くような田之上が振り返り、何事もないようにこちらへやってくる。ご近所さんに見られていたらどうしたものか。

玄関で靴を脱ぎながら、田之上の首がニワトリのように左右に動く。

珍品など飾っているわけではないが、なにがそんなに物珍しいのか。

「この部屋に彼女が来たことはあるのか？」

ああ、そっちか。

「あるよ。昨日も……そこらへんで寝転がってから帰っていった」

飯を食って帰ったと言えば、田之上が料理を教えてくれない可能性も考慮して伏せた。ぐぬ、と一瞬田之上が仰《の》け反《ぞ》る。しかしすぐに持ち直し、笑い飛ばしてきた。

「いい思い出にするといいさ」

馬鹿笑いで上から目線を投げつけてくれた。一周回って面白キャラに変貌《へんぼう》してきているな。彼女からの評価はマイナスかもしれないが、俺からは案外、高評価だった。

天然のピエロはそうそう見る機会もないし。

「さてと……なにから話そうかな」

「いやその前に料理。教えるついでに……いや、話すついでに教えてくれ」

机の前に腰を落ち着けている田之上を立たせる。田之上の中では彼女の話が主流となっているみたいだが、そんなものはどうでもいいのだ。釣りで餌ばかりくれてやる理由もない。「仕方ないな」と渋々、田之上が流しに立った。

脇の小さな冷蔵庫を覗きながら、田之上が眉根を寄せる。

「まさか彼女の手料理なんて食べていないだろうな」

「作れると思うか？」

「ないものねだりはいけないな」

立場こそ異なれど、彼女への理解はあるらしい。と、電話が鳴る。

「ちょっと悪い」と断って部屋に戻り、電話を確かめる。

彼女からだった。田之上に悟られないよう、口もとを手で覆いながら出る。

「はい」

『あんた講義出ないの？』

「今日はパス。あと晩飯食べに来る？」

『それじゃあ……んー……行く。多分』

「了解。今日は少しマシだと思うよ」

田之上次第だが。電話を切って、テーブルに放り出してから流しに戻る。

「悪い悪い。じゃあ頼むよ先生」

手入れもろくにしていない包丁を観察しながら、田之上が渋い顔になる。

「料理といってもな。なにを教えてほしいとかないのか？」

「じゃあ、野菜の少ないやつ」

彼女のリクエストを思い返して提案すると、田之上が呆れたように目を瞑る。

「野菜を入れなければいいだけじゃないか」

「野菜炒めを野菜抜きに作るのは無理だろ」

田之上が包丁を手の代わりに横へ振る。

「野菜炒めを選ばなければ……あーいや、もういい。きみ、頭悪そうだからな」

生真面目なのか気楽なのか分からないやつだ。まさかこいつにそんなこと言われるとは。

「野菜が少ない……肉でも炒めちゃえばいいんじゃないか。なにかあったかな」

田之上がもう一度、冷蔵庫の中身を確かめる。なにがあっただろうと、家の主にも関わらず把握できていない。「豚肉があった」と田之上がパックを発掘する。

「これを甘辛味で炒めるとか……あー、それでいい？」

田之上が首を伸ばして確認を取ってくる。俺はなんでもいいという言葉を飲み込む。

「うん、そういうのでいい。どうもタレの加減とかが分からなくてさ」

「市販のを使えばいいじゃないか……まぁ買いに行くのも面倒だし、作るか」

田之上がその他の調味料やらを手早く用意して、準備を始める。手つきが俺とは段違いに手馴れていて、横で眺めていて田之上のことを見直す。自分にできないことができるやつは大抵、尊敬に値する。

尊敬するついでに、少し探りを入れてみた。

「そういえば、結ばれる運命とかなんとか言っていたけど、ありゃなんだ？」

「そのままの意味じゃないか」

嬉《うれ》しそうに豚肉を切る男が、興奮に鼻の穴を広げる。

結ばれるのは結構だが、彼女は三年もすれば死んでしまうんだぞ。

「占い師に恋愛相談でもしたのか？」

「まぁ、そんなところさ」

答えをはぐらかしてくる。普通の占いだけでここまでハッピーになれるのなら毎日がお花畑だが、さすがにそこまで気楽なやつではあるまい。占いよりも確実に、未来を指し示したものがいてこその確信に満ちた態度が見て取れる。

しかし、もし未来人が関与しているのなら、妙だ。

そいつは彼女の死を田之上に教えていないことになる。知っていればここまで浮かれるわけはないだろう。知らないのか、敢《あ》えて教えていないのか。敢えてならば、田之上に真実を伏せて都合のいい情報を吹き込んだのはなぜか。利用するためか。

しかし利用といっても、そもそも目的が分からない。

その未来人がいったい、なにを目指しているのか。少なくともそれは、レグと同じではない気がした。足並みの揃わなさには、それぞれの意思を感じる。

「占いなんてあんまり信じるなよ、根拠ないぜあいうの」

否定的な態度でより深く切り込むと、田之上が鼻で笑う。

「根拠のある占いは、占いじゃないな。現実を予知する、つまり未来だよ」

明るい未来を見据えて揺るがない、田之上の明朗な表情が眩《まぶ》しい。

「えぇー……未来ですか」

「そう、未来的に明らか」

なにを言っているんだこいつは。しかしここまで未来を妄信《もうしん》しているとなると、これは確定じゃないだろうか。そう感じて部屋の、押入れの方を一瞥すると動く影を捉《とら》えた。壁際の田之上の鞄から一瞬、なにか生き物の頭が出ようとしていたように見えたのだ。目をこすって凝らしても、今はなにも見えない。あまり凝視していて田之上やその他に悟られるのもまずいので頭を前に戻すが、疑念は強まるばかりだ。

……まさか、俺と同じ『ペット』を連れ回しているのだろうか。

「ところできみは彼女をいつ好きになった？　あ、好きじゃないとかナシな」

中高生に戻ったかのような感覚で、田之上が話を振ってくる。

しらふで、恋敵《こいがたき》に話したくなるような話題でもないが、と思いつつ答える。

「髪を見たときだな」

「髪?」

「日の下で見る彼女の髪は美しかった。ま、見惚れていたら大惨事に襲われたが」

あのときの地面の熱を、背中が思い出す。その熱さは、思い出というものを具体的な形として表現しようとしたときにそこへ至るんじゃないかと感じさせる印象深さがあった。じんわりとした温かいものが、背中を越えて身体の中心に触れてくる。

思い出は、生温いものだった。苦くても、甘くても。温度だけは変わらない。

「あぁ、覚えているよ。きみは彼女と一緒に坂の下まで転がっていった」

田之上が回顧を受け取り、続きを紡ぐ。

「見ていたのか」

じゃあ助けてくれよ。フライパンを用意しながら一年前に文句を垂れる。受け取った田之上が火力の調節をして、フライパンとガス台の間に見える火を覗きながら言う。

「あれからなんだ。彼女と俺の距離が開いたのは」

これまでの陽気さを潜めた、田之上本来の調子で本音を吐露する。

川が涸《か》れて水位が低くなり、中洲《なかす》が頭を覗かせるように。

「きみは、転がる石を体現しているようだな」

貶《けな》すわけでも、馬鹿にするわけでもなく。寂しげに、田之上がそう評してくる。

確かに一年前は、そうだったかもしれない。

だが今や俺も、その転がる石を見届ける側に回りつつある。

俺と彼女の距離も開きつつあるのを、田之上は知っているのだろうか。知っていたら俺を目の敵としないだろうから、なにも知らぬ存ぜぬのようだが。

田之上が確信しているのは、預言者から告げられた運命だけか。

「……俺と、一緒だな」

俺もレグに告げられた未来を信じて行動している。

恐らくは似たものを信じる田之上と、なんら変わりなかった。

彼女の周囲に未来人。俺と田之上のように、集うものたち。

彼女がすべての中心にある。彼女は、熊谷藍はいったい、何者なんだ。

俺が知る彼女に、無限の未来を感じたことはあまりないのだが。

……それはさておき田之上の全容こそ明らかになっていないが、評価を改める。

立ち位置が同じであれば、見えてくるものもまた異なる。

もう少し歩み寄れば、友達になれそうだった。

もっともそうした評価はそれから二時間、三時間と田之上と彼女の思い出話に付き合わされたことで、撤回することになるのだが。

「で、どうだった？」

田之上を帰して、押入れから出てきたレグに感想を求める。

我慢していたのか、かつかつと床を突っつきながら、レグが言う。

「非常に怪《あや》しい」

「お前も大概怪しいけどな」

わははは、とレグも一緒になって笑う。ニワトリ故か目は見開いたままだが。

お互いに疲れ果てて、床に寝転ぶような形を取る。長話に付き合わされた俺も辛いが、押入れの暗黒の中で耐えたレグも疲労は隠せない。太陽も色あせて……単に夕方になっていただけだった。

「あれだけ自信があるのだ、よほど的中率のいい占い師が控えていると見るべきだ」

「未来人なら、脅威の予言もたやすいと」

カンニングして事前に答えを知っているようなものだからな。そりゃ当たるわ。

「だとすると、どういうわけだ？　お前以外の未来人はなにを考えている」

こいつもなにを考えているか不透明なところは多いが。レグが窓からの日差しが顔に当たるのを嫌い、壁に寄って日を避ける。それから、首を傾げるようにトサカを振る。

「さてなぁ。簡単に時間旅行はできないのだが」

「試験がそんなに難しいのか？」

「免許もあるが、適性もある。時間旅行に相応しい肉体かどうかは、生まれつき決まっているのだよ。適性のないものを送り込んでも上手くいかない」

「どうなるんだ？」

「取り敢えず、帰ってきたためしはない」

ゾッとすることを言ってくれる。時間の海に藻屑《もくず》も浮かばないというのか。

……などと時間旅行の話で有耶無耶にされてたまるか。

「まーた黙秘するつもりか」

「安易に話せないと言っただろう。それに、他の連中の考えなど僕は知らんよ」

面倒くさそうにレグが答える。こいつと何度、こんな問答を繰り返したか。

やつに関与している、別の意思がある。それがはっきりしただけでも収穫ではある。

が、ここはレグに一つ意見しておくことにした。

「なにかあってから教えてもらっても遅いんだぜ」

「まずはなにもないことを祈ろう」

なむなむー、とレグが目を瞑る。科学万能の未来世界から来たやつがそれでいいのか。しばらく凝視していたが一向に動かないので、言及は諦めた。それよりも彼女が来る前に夕飯を準備しておく方を優先した。

もうじき来るだろうと踏んで、テーブルに皿と茶碗《ちゃわん》を並べる。田之上が作った残りのタレを絡めて、同じく残っている豚肉を炒める。キャベツを添えるのが普通だと思うがなかったので、キュウリとレタスに代理を任せる。彼女の分の皿には多めに野菜を載せておいた。ついでに肉も増量しておく。これで文句も緩和されるだろう。

用意し終えて、飯も炊けたのを確認して。さて、と座ったところで再び彼女からの電話だった。今度は時間から考えて嫌な予感を覚えつつ、出てみる。

「はい」

『あのさ。今日、やっぱり行けないかも』

無駄な前置きなく用件だけ伝えてくる。いつものように。けれどその声が俺の視界の端に暗幕を垂れ下げてくる。いつものように、俺の視界を明朗なものとしない。

うろうろとテーブルの周りをさまよいながら、声が乱れないよう努める。

「用事？　急な？」

『うん、そんな感じ』

「あぁ、どうぞどうぞ。藁目に誘われたんだろ」

当てずっぽうの嫌みだったが、彼女の息を呑む気配が伝わってくる。

本当にそうだったのかよ。こめかみを指で掻き、熱いものが喉に滾る。

『なんで知ってるの？』

「なんでって、そりゃあ……未来さ。俺は未来が読めるんだよ」

『まさかと思うけど、私のことつけ回していたりする？』

どこか声の調子がきついのはいつもどおりで、そのまま俺への疑念をぶつけてくる。

それを聞いた途端、目が端に寄り、引きつる。舌の上下がひっくり返り、スイッチが入るようだった。

「そんな暇じゃない。俺はここで夕飯を作っていたんだ！」

思わず叫ぶ。一瞬、男らしくないと言われそうだが泣きそうになりながら。

彼女に怒鳴り声をあげたのはきっと、これが初めてだ。

だけどそのとき、俺はたとえば彼女に『嫌いだ』とか『死ね』と言われるよりも憤っていた。敵意が鋭く伸びて槍《やり》になり、電話越しに彼女を貫く。

愛よりも誠意を踏みにじられることが、俺には許せないらしい。

それは愛ほど打算的ではなく、見返りを期待していない故だろう。

『ごめん』と彼女が言い切る前に電話を切って、窓のほうへ投げ捨ててから不貞寝《ふてね》する。下ろした瞼の奥で瞳が焼けている。目の下がわなわなと震えて、闇《やみ》が歪む。

あっさりと予定が食われた。蟇目という魚に、ばっくり横取り。最悪だ。

「つまんねー。あー、つまんねーわー」

平静を装うのも、これが精一杯だった。寝転がるのも嫌になり、すぐ起きる。

立ち上がって玄関へ向く俺に、レグが声をかけてくる。

「どこへ行く？」

「決めてない。でもこのままいるとちゃぶ台返しでもしそうだから、頭を冷やす」

財布だけ持って玄関に向かう。と、レグがとことこ後を追ってきた。

「なに？」

「散歩に付き合ってやろうというのだ」

「……そりゃあ、どーも」

鳥に哀れまれるとは、俺も大した人徳だよ。レグを抱き上げて、部屋を出る。

デート相手がニワトリとは。せめて雌《めす》ならなぁ、と思わなくもない。いや、ない。

敷地の外まで出てから鍵をかけ忘れたことに気づくが、かける理由も大してなかった。そのまま歩道を行く。アパートの外は緩やかな坂道となっていて、上れば大学の方へ、下れば地下鉄の前に着く。左右へ一歩ずつ足を出してから、坂を上ることに決めた。上って大学を通り過ぎ、延々と真っ直ぐ歩いていけばスーパーがある。

どちらにしても買い出しに行く必要があったので、スーパーへ向かうことにした。

「スーパーか？」

何度か買い物に付き合ったこともあってか、レグが察する。ちなみに当然、こいつはスーパーに入れないので駐車場で待機しているのだが、そのお陰でニワトリ男なる安直な異名を頂戴してしまった。まるで俺もニワトリのような扱いである。

ニワトリの触り心地はいいんだけどなぁ、となんとなく、頭の上にレグを載せてみたら、案外しっくりきた。

ただし、羽毛によってもさぁっと頭が熱くなるうえに、むわぁっと鳥臭い。

「なんだこれは」

「知らん」

秘密主義のニワトリに説明してやるものかと省いた。大体、俺にも分からん。

そのまま坂を歩く。レグも頭部に座り込んですっかり落ち着いている。鳥臭さと、坂を上ることで上を向いた視線に映る真っ白な羽を見ていると、本当にニワトリ男にでもなった気分だった。羽飾りのようで、少し笑い、最後にその翼を撫でる。

「お前が来てよかったのか、俺には分からないよ」

コケーと、頭の上で鳴き声が聞こえる。自分の頭が鳥の巣にでもなった感じだ。

「なんの話だ？」

「未来は確実に変わっていると思い、そしてそれを受け入れられるかという話だ」

「さっぱり分からんな」

お前は本当に未来人なのか。仕方ないので、長々と語る。

「多分、客観的に見れば彼女にとっては良いことが続いている。でもそれが俺のためになっているかは、また別の話だ。俺は自分の身体をスポンジ状にして、スッカスカの彼女の隙間を塞いで、こっちがスッカスカになっているような気さえする」

気分に反して手足が軽いのは、隙間だらけであるせいかもしれない。

坂の上を夕日が撫でていく。触れる度に心の角が奪われていくような、停滞を感じさせる赤光が俺や建造物を覆い包む。見上げればマンションの向こうに焦げたような雲海が広がり、その奥へと燃え滾る星が消えていくところだった。

レグの白い羽もうっすらと、不死鳥の羽のように色づいていた。

「彼女の幸せが俺の幸せ……とは限らないんだなぁ。勉強になった」

こういうものを受け入れて認められるのが、器の大きいやつってことだろうか。俺からすると寝ぼけているとしか思えないし、更に言うなら器が大きいから、たくさんの恵みが与えられるとは約束されていない。少なくても幸せ、というならわざわざ、大きな器を構える必要もない。だからそれは器が大きいのではなく、感覚が希薄に、間延びしているにすぎない。似て非なるものだ。しかし大体のことが曖昧になるのであれば、それも悪くないと今は思う。

「難しいものだな」

レグが相づちを打つ。が、打ち方があまり人の話を聞いていないときの俺に似ていたので、少々疑わしい。

「話聞いてた？」

「聞いていたとも。熊谷藍ときみとの距離が離れる度に、もしかしたらきみは彼女を救う気を失っていくかもしれない。しかし遠く離れるからこそ、彼女に細心の注意を払わなければいけないのも事実。さじ加減が難しいものだと、思ったのだよ」

ちゃんと聞いていたらしい。俺よりまじめなニワトリに敬意を評し、反省する。

「人の世は、人間関係はときに煩《わずら》わしくすら感じるな。……ふふふ、こんなことを言っていると、本当にニワトリにでもなった気分だ」

自嘲するように、レグがしみじみとそんなことを言う。

どうにかこちらも一言ぶつけたい発言なのだが、冴《さ》えた切り口が見つからない。

お前はどう見ても本物のニワトリだ、とか。……なにかしっくりこない。

外だけでなく中までもっさりとした思考に支配されながら、二十分ほど歩いてスーパーに到着する。駐車場の端には怪しいほど安い値段でたこ焼きを提供する屋台が、香ばしい匂いをあたりに充満させていた。一緒に売っている団子も安いが、あれは他所の店に卸している中での余りがこちらへ回ってくるという話を聞いたので、そちらは信用していた。たこ焼きは硬い頭しか入っておらず、足に出くわしたことがない。

駐車場内の自販機の横に座り込むレグが、電線の下を汚す大量の糞に「おわっと」と大げさなほど反応する。片足を上げて避けて、慎重に迂回《うかい》する。

「裸足だと大変だな」

「まったくだ。こんなところに糞を垂れ流すとは……けしからんよ」

レグが同族？　を批難する。それと同時に糞を大げさに避ける理由も語る。

「遠い時代の世界とは、その時代に生きる者以外には猛毒に身を浸すようなものなのだよ。わずかな菌、異物でも元の時代に持ち込んでしまえばそれだけで全滅しかねない。こんな糞なんてものはね、雑菌や寄生虫の溜まり場だ。もう最悪だよ」

「ふぅん……」

「それはダジャレかね？」

「は？　ああ、そんなわけあるか」

少し思うところがあったものの、後でいいかとその場から離れる。

「あ、そうだ」と途中で振り向いて希望を聞いてみる。

「なにか買ってきてほしいものあるか？」

「ミミズの詰め合わせ以外ならなんでもいい」

まだ恨んでいるようだ。未来人というやつはしつこいものだな。

最初の頃、食べるかと思って坂を下り、塀を越えた先にある土手の草むらで土を掘り返し、ミミズをわざわざ捕まえてきたことがある。しかしレグは空き缶いっぱいにうじゅるうじゅるとうごめくミミズを一目見た途端、空き缶を蹴り飛ばして床に散らばしてしまった。食えるかこんなものと怒られた、ニワトリなのに。

レグが迷子の鳥としてお肉屋さんに捕獲されないかと心配だが、首に巻いたリボンが首輪の代わりとして飼い主がいることを示していると信じたい。

しかしあのリボン、一度いたずらしておいてやったのだが一向に気づく気配がない。

身近にありすぎて慣れてしまい、気づけないのかもしれない。自分から種を明かすのも面白くないので、気づくまで黙っておくことにしていた。

なにが不足しているのか調べもせずに来たので、適当に見繕って買い物籠《かご》に放り込む。料理をする気も萎えてはいるが、一晩寝ればきっと元通りになる、と信じて棚の間を歩き回る。その途中、米の売り場で足を止めて、色々あるものだと見比べる。

レグは米の飯を好む。お碗に盛られたそれを突っつくように食べるさまは正にニワトリなのだが、たまには別の銘柄の米でも振舞ってやろうかと思い立つ。詳しくはないが値段の高い銘柄を選び、籠に入れる。女に優しくされないからとニワトリに救いを求めているわけではないが、そんなのだったら末期だが、まぁたまには親切にしておくかという心境だった。そもそも微妙な味の違いなんて分かるのだろうかと疑問だったが、物は試しと買ってみることにした。

買い物を終えて、ずっしりとした袋が破れないようにと下から抱えるように持って外へ出る。駐車場へ向かうと、自販機の下を覗いて暇つぶしするレグがいた。今日は子供にいたずらされそうになっていることもないようだ。こいつはいくらいじめられても、仲間のニワトリを呼ぶなんて真似はできないのだ。

「お、いい子にして待っていたな。偉いぞ」

おどけた子供扱いに、レグが不満げに鳴く。どっちみち、コケーだが。

「……言っておくが、僕の方が年上だぞ」

「へぇ？　お前なんにも教えてくれないから知らなかったな」

無知を相手のせいにしながら帰路に就く。首輪やリードなしでも俺の後ろにちゃんとついてきてくれるので、面倒がなくていい。昔飼っていた犬は大型だったので、ついて回らせるのも大変だった。俺が成長しても、犬も大きくなっていくので差が埋まらない。それを何度か繰り返していつしか犬が成長をやめて、追い抜いて。

最後は俺が引っ張らなければ、歩こうともしなくなった。

未来というものに希望だけでなく、衰退を感じた瞬間だった。

「歳を取るっていうのは、何歳までが成長なんだろうな」

俺のテツガクに、ニワトリがテツガクし返す。

「信念さえあれば死の際でも人は次の道を見つけるものだ」

「次の道って、あの世じゃねえか」

「ふふん」

思わせぶりにニワトリが笑う。なんだよ、と聞き返そうと振り向いた直後のことだった。建物の脇から飛び出してきた影が、足にぶつかってくる。完全に不意を突かれて、首から上が左右に激しくぶれる。鞭打《むちう》ちのような痛みを背中から首の後ろに感じながら、その衝撃にのしかかられて転倒する。尻餅《しりもち》をつき、迫りくるそれに対して咄嗟《とっさ》に腕を交差して身構えた。獣臭い息を振りまきながら、その腕に鮮烈な痛みが食い込む。歯を欠けそうなほど食いしばって腕の向こうを覗き見ると、腕に刃を立てているのは巨大な犬だった。間近で向き合い、あ、と見覚えがあることに気づく。何ヶ月か前にビルとビルの隙間に潜んでいた、あの犬だ。毛むくじゃらで、薄汚れて。目だけが猫のように、怪異に光る。車道を挟んで反対の道にいたはずの犬が、俺の通る道へやってきて俺に襲いかかっていた。暴漢ともまた違う相手に、気が動転する。

更に凝視して気づいたのは、俺に突き立てているものが牙《きば》ではないことだった。奇怪なことに犬は小型のナイフをくわえて、それを俺の腕に突き刺している。頭が窮《きゅう》屈《くつ》そうに縦に曲がっているのはそういうわけか、と納得が浸透し始める。

見えてきたものによって痛覚が平面から立体的なものへと昇華されて、激痛が本格的なものとして俺を刺し貫く。遅まきに悲鳴をあげて、自動車の流れる音を背後に聞きながら絶叫した。刺されている左腕の指先が危機を知らせるように跳ね回る。

遅いよ、と言いたかった。

レグに視線を向けるが、ニワトリでは体格が違いすぎて手も足も出ないようだ。それどころか俺の転倒に巻き込まれて翼が折れ曲がり、傷つき苦しんでいた。なんて役に立たないやつだ！　だけどその側に、俺の落とした買い物袋を見つける。

買い物袋を拾い上げて、ナイフの突き刺さる腕を中心に腰をひねって全力で振り回す。五キロの米袋が含まれたそれを避けようと身をよじった犬が腕の拘束を緩めた瞬間を狙い、身体も激しく振る。ナイフの刃がずぼりと抜けて、その感触に鳥肌を立てながらも、横に舞う犬の顎に頭を叩きつけた。背中が曲がっていて大した威力は発揮しないが、犬を押して遠のかせるぐらいの役目は果たす。犬が路上に転がり、俺は買い物袋を引っ張るようにしながら立ち上がる。買い物袋は自重と勢いに耐え切れず、持ち手のところでちぎれて中身が地面に横たわる。拾い上げている余裕はなく、犬を睨む。なんだか知らないが襲ってきた犬を更に痛めつけるか悩み、しかし体勢の復帰が早いことを悟って逃げることを選択した。穴を掘られた左腕を押さえながら、目の前の道へ考えなしに逃げ込む。それは坂から離れてマンションと不動産屋の間にある路地で、犬が潜んで飛び出してきた場所だった。なぜそちらへ逃げてしまったのか、と半ばまで来たところで後悔する。人目につかない場所へ逃げるのは悪手だ。引き返そうかと考えたが犬が追ってくる気配を感じて、やむなくそのまま真っ直ぐ走った。

少々長い路地を抜ければ、またすぐに人のいる通りへ出る。そう楽観して走りぬけて、光の見える方へと飛び出す。その先は確かに、薄暗くない、舗装された通りがあった。しかし、一本道を変えてしまえばそこには、俺の知らない町並みが広がっていた。どこか全体として煤《すす》けた印象のある、薄暗い建物が多い場所だった。

シャッターを下ろした店舗ばかりで、住宅街ですらない。どこだここはと首を振っても、見覚えなどあるはずがない。これではアパートに帰ろうにも、方角しか分からない。そして方角どおりに道が通っているかも分からないのだ。

立ち止まっている暇はなく、足を前に出す。地理、土地勘のない俺は襲われることに恐怖して、まずは身を隠したい、安全を得たいと願う。だがそうなると、犬の追撃を避けるためにも、人目につかない場所を選ぶほかなかった。

老朽化したタイヤ工場の裏手に回り、壁によりかかりながら動転して回っている目を落ち着かせる。自然、ずるずると滑り落ちて尻餅をついた。中身を失った買い物袋の切れ端を硬く握りしめたまま、状況を把握しようと口を動かす。

「犬、犬だ。犬、野良犬……？　どうして俺を、」

乱れた息と共に、ぶつ切りの疑問が言葉となって湧き上がる。その答えはすぐ身近にあるものから導き出すことができた。かじられた傷を押さえながら、歯を食いしばる。睨んだ先にいる異形の人間に、あの犬の出自を問う。

「まさか、お前の仲間か」

傷ついた羽をかばうように丸まっているレグが、顔を上げて口を開く。

こちらも走り疲れてか、息が荒くなっている。漫画ばかり読んでいるからだ。

「仲間ではない。が、境遇が似たようなものであることは同意しよう」

「タイムトラベラーなのは確かだと？」

「そう。あの連中もまた、未来からやってきている……はずだ」

言葉を選び、慎重な返答だった。

「えらく曖昧だな」

「確証はない、なにしろ仲間ではないからな。しかしああした輩《やから》がいずれ現れるのは予想がついていた。きみも『なにかがある』という程度には予想していただろう？」

レグの指摘に、「そりゃあな」と肯定する。無意味に、俺や彼女に体力をつけさせたわけじゃないということだ。ここまで走ってくる体力も、なにもしていなかったら身についていなかったかもしれない。身体を動かすということに慣れた、その成果だ。

とはいえ、根性と体力では傷ついた左腕を動かすことはできそうもない。

「……まいったな」

未来人が動物の姿を取っていることを知っていたのに、油断していた。

悲惨な傷を見て顔をしかめていると、レグが淡々と忠告してくる。

「あの犬はきみを殺す可能性もある。注意することだ」

「おいおいおい。随分とバイオレンスじゃないか……そもそも、なんで俺なんだ？」

レグに敵対するとなれば、相手の狙いは彼女の死。理由は分からないが目的はそんなところだろうと思う。そうなると標的は彼女じゃないのか。外堀から埋めていく慎重な作戦なのかもしれないが、それなら墓目を狙えよ。……こんなことになるなら、俺も空手を習っておくべきだったかな。あぁ、いや。その方が、嫌だな。

「お前の方がずっと美味《うま》そうなのにね」

「人間の方が鶏肉より脂がのっているからな」

「ははは……」

笑えるか。

殺人犬（仮）を相手にしろなんて、素手で無茶を言う。なんで犬なんかに殺されないといけないんだと憤り、その怒りは周辺の環境に向けても拡散していく。なんで俺が、こんなことしてなくちゃあいけなくて、命の危険なんか感じないといけない？

へたり込み、壁に後頭部を打ちつけながら。

冷める。

「なーにやってんだろうな、俺は」

彼女が稽古だかデートだかをお楽しみの最中、こっちは犬畜生に追い回されて、大事な時間を浪費しているとくる。刺された穴からこだわりや愛憎まで抜けていくようだった。どうでもいーいー、とか踊りたくなる。

「なぁ」

「ん？」

「俺が手を引けばあの犬たちは、お前は俺を放っておいてくれるのか？」

興味本位と逃避のために尋ねる。レグは珍しく、返事に戸惑うようだった。

「なにを考えている？」

「俺は彼女が好きなのかなぁ、ってね」

くししし、と歯を鳴らす。つまりドーキだよ、動機。

彼女が好きでないなら、なんでそんな彼女のために命なんて懸けないといけない。

彼女が病死するとしても、若いのにかわいそうねぇと済ませてしまえる話じゃないか。

俺のこの二ヶ月を根底から否定しかねない問いかけだが、ここはその答えから逃げていい場面じゃない。ちょいと真剣に向き合ってみよう。

「……そもそも」

今まで俺は彼女のどこが好きだったんだ？

「うーん」

暢気に腕を組んで、目を瞑りながら考えてみる。

人間性？　優しさ？　人格？

改めて見つめると胡散臭《うさんくさ》いものばかりだ。人間性なんて、人間は半分以上を人前では隠している。外面を見て相手を理解した気になるなんて、ばかげていた。

あと、優しくはないし。人格も褒められたものではない。

いやぁ、違うねぇ。こんなもん、半分ぐらいどうでもいいな。

だって彼女がちょいと知り合ったいい男に心を引かれて離れていく、しごく真っ当な女子大生であったとしても、未だに俺は心ときめいているのだから。

こちらへ向く愛など存在しなくても、俺は彼女を一方的に慕う。

見返りなき愛。それは美術品に心を奪われるような心境に近い。

そう、彼女の内面じゃないのだ、俺が心惹《ひ》かれているのは。

そうなってくると、やはりあそこだな。あの真っ黒なやつ。

あの髪。美しい黒い髪。あれがたまらない。あれが一番だ。

思い描くだけでどきどきする。触れたいような、触れて台無しにしたくないような、このせめぎあう気持ち。矛盾する欲求。狂おしさを覚える尊さは、まさに恋だ。好きなのだろう、こんなときにも。どんなときにも、あの黒髪に心惹かれて。精神的とか、丸ごととか。そんなたわごとで彼女を好きになったんじゃない。あの髪をなびかせる彼女が好きなのだ。ようするに、見た目がほとんどだ。

そして好きであるのなら、話は早い。

そうであるなら、できるはずだ。痛みや恐怖、不遇をもたらす呪《のろ》いのような恋であっても、その思いの丈をぶつけて邁進《まいしん》することに疑問を抱くような、そんな俺ではない。格好つけたところで、俺は田之上と同じ穴の狢《むじな》だった。

だから。

「……やれるはずだ」

己を鼓舞して、犬の襲来に備える。といっても立ち上がり、左右を警戒するだけだ。他にできることはない。押さえつけて、ぶっ殺す。二つを呪文《じゅもん》のように念じる。

「レグは離れていろ。役に立たんし」

「そうしよう。きみの勝利を祈っておく」

そそくさと逃げてしまう。ちょっとは葛藤《かっとう》するなりしろよ、と気休めに苦笑した。

決闘を控えた侍かガンマンの気分になりながら、犬を待つ。

やがて、嗅覚《きゅうかく》がどういう仕組みか知らないが、くわえたナイフより血の滴を滴《した》らせた大型犬がこちらの居場所を正確に把握してやってきた。こいよと、手ぶらで挑発する。できることは正面から取っ組み合うことぐらいなのだから、小細工を弄《ろう》する必要もない。ナイフを持った犬との決闘に、心臓が悲鳴をあげていた。

怖い、と怖気《おじけ》づきそうになる背中が猫背になり、いやいやと背筋を伸ばそうとする。彼女みたいに背筋を伸ばして、立ち向かうんだと。怖気を払拭《ふっしょく》しようと気負う。

その背中を押してくれる衝撃があった。

「……あ？」

それは俺の望んだ精神的なものではなく、ひどく、物理的だった。

俺の背中を熱くするのは、犬。茶色い毛並みの中型犬が、俺の背中を噛む。

「に、」

二匹いたのか。背後から、肩甲骨の付近に牙を突き立てる犬に形相を変える。体勢も派手に崩れて、そこへ大型犬が突撃してきた。偶然、胴体を守るように垂れていた左腕に犬がナイフを突き立てる。その痛みで、逆に頭を上げて覚醒《かくせい》することができた。がぶしゅ、がぶがぶ。前後から好き勝手に凶器を振るうそいつらに、怒り心頭となる。噛まれながら少し考えて、背後のあほ犬には構わず、目の前の犬だけに対処した。

ナイフを突き立てた犬の口を、より深く刺されても構わないので強引に掴む。そのまま口を開いて引き裂いてやるか、それともと悩み、結果としてその口を握りつぶすことを選ぶ。できるはずだ、できるはずだ、できるはずだと猛進することだけに専心して、犬を放さない。傷跡から血が噴き出すほどに力をこめて、大型犬を押さえつけた。

こちらの震えは止まらないが、やっと訪れた反撃の機会に全身が高揚する。

はっぴっぴーな気分が、苦痛を和らげて麻痺《まひ》させてくれる。

それから、人の背中に派手にじゃれついてくれる犬に振り向く。

いくら牙を突きつけても、血を流しても。涙をこらえて、睨む。

静かに、睨みつける。

そうすると気圧《けお》されたように、犬が背中から離れる。

俺の乾いて痛む瞳に、未来人はなにを見たのだろう。

そのまま、仲間を見捨てて犬が逃げ出す。逃げるならいいさ、とそっちは追わない。相手をしている余裕もないので放っておくことにした。それよりも、と大型犬の顎と頭を掴み、暴れるそいつを無視して壁に添える。とんとんと、目印をつけるように二度ほど壁に頭をくっつけて、殺し始めることにした。

「押さえつけて、」

ぶっ殺す。

犬の身体を引いて、距離を取ってから壁に思いきりぶつける。犬の目が上下に派手に揺れて回る。それを見てから、もう一度。犬の下あごが凶暴なほど震えて悲鳴を吐き出そうとするが押さえつけて、もう一度。

壁に犬の頭をぶつけて潰すという、単純に暴力的な攻撃を繰り返す。ナイフをくわえさせたまま、離すなよと顎を上下から押さえつけて。何度も、叩きつける。乱暴に、醜く。何世代も前の方法でと殺している気分だった。打ちつける度に心の塗装が剝《は》がれて、感情を失っていく気すらする。途中からは作業を見守るようだった。これで相手がただの野良犬だったら、完全に異常者だ。もっとも相手が未来人だとしても、人間の意志を持つ相手にこんなことしているんだから、殺人鬼みたいだな。

それが佳境となり、犬の頭部が今にも崩れそうな豆腐となっているところで、犬の哀願の目が俺を捉える。唸《うな》り声しかあげなかったそいつに、人間の光を見る。

ふと、口もとを緩めてやる。くわえていたナイフが地面に落ちて、よだれを垂らしながら、犬の口が動いた。そう、人間のように。

「や、め、」

確かな人語を耳にした瞬間、ぶわりと全身が総毛立つ。そしてその続きを紡がせないように、聞かないようにするために、頭部を壁に叩きつけて完全に砕ききった。壁へと埋没するような、反発のない手ごたえが両手を駆け抜ける。びくりとして、手を離すものの犬は壁をずるりと滑り、地面に横たわって動かなくなった。

頭は原形を留めないほどに潰れて、脳と血液をぶちまけている。その返り血が俺の手にも降り注いで、濡れていた。すーすーと、風が冷たい。へたり込み、息を吐く。

「死んでいるな」

レグが犬の顔を覗いて、死亡を確認する。真顔で冷静である。いつもどおりだ。見ているとこちらも少しだけ、落ち着く。

「相手が犬で助かったな。これが熊でも出てきたのなら相手にもならない」

「まったくだ」

とすれば、過去にやってきてどんな動物になるかは選択できないのだろうか。ミジンコとか害虫になったら嫌だなぁ。目的果たすどころか駆除か捕食される。そういったことも含めて、命がかかっているのなら聞きたいこと、不透明にしてはいけないことが山ほどある。しかしいくら質問しても、クチバシの堅いニワトリはろくに答えてくれないだろう。それに嫌気が差して、仮に俺が行動を放棄すれば彼女が死ぬというなら、選択の余地なんかない。そういう、痛いところをこいつは知っているから、強気でいられるのだ。

俺もまた、『岬士郎』がどんな動物かを選ぶことはできない。

「なぁ、未来人という名の犬を殺したわけだけど……どうなるんだ？　死んだやつ」

そして逃げたやつは仲間でも呼んでくるかと思ったが、なにもやってこない。

「そのまま死ぬに決まっている。この身体、かりそめのものではないぞ」

こっちも怪我を負ったのに、元気いっぱいに羽を振るう。少し安堵する。

「つまり、俺は人殺しか」

「誰も立証できない人殺しだ。安心するといい、きみは無実だ」

安心？　……ははははという感じだ。

「いやぁ、別に？　人を殺すぐらい構わないんだ、それで彼女が救えるなら」

開き直って宣言して、それから犬の死体を引っ張りあげる。大型犬なので、血を体外に流していたとしても重い。両腕で抱えるしかないが、左腕はこっちも動かない。

結果、かなり不恰好《ぶかっこう》に抱き上げることになる。犬の下半身が垂れ下がっていた。

「未来の葬式はどんな風にやるんだ」

「は？」

「なにか流儀みたいなものがあるなら教えてくれ」

一つぐらいは則《のっと》ってやってもいいかなという思いつきだった。

レグはしばし考えるような仕草を見せた後、瞼を押し下げる。

「この時代の科学力では到底不可能なことだ、無視してくれていい」

「そうかい。じゃあ現代流に、適当に弔《とむら》うか」

「なにを考えているんだ、きみは」

呆れたようにレグが翼を折り曲げる。

「俺は犬が好きなんだよ」

実家で飼っていた、黒い大きな犬が死んだ日を思い出して、無言で涙した。

血まみれの犬とニワトリをお供に連れて、人目を引きつけるなんてものではない注目を浴びながら、ことごとく無視して学生街の坂を下った。酔っ払いと合コングループで賑わう地下鉄の入り口を越して、古本屋と海外輸入の違法ゲームを販売する店を越えた先にある柵《さく》を蹴飛ばすように通過した。幸いなのは頭の一部が麻痺したように動かなくて、人の視線になにかを感じる余裕もない。色々どうでもよかった。

途中、口の中に異物を感じたので舌で排出すると、欠けた歯が出てきた。調べてみたところ、奥歯の一部らしい。歯を食いしばっているとき、ひび割れたのだろう。これはちょっとショックだった。なぜかは分からない。

以前にミミズを捕まえた土手までやってきた。車道をまたいで、土手を滑り降りて河川敷《かせんしき》まで向かう。草木を手で払って、露出した土を素手で掘り返す。土は犬の死体より固く、冷えている。流血に濡れた服が川原の風に吹かれると、身体の芯《しん》まで凍えるようだった。一足早く、秋を通り越して冬が迫ってくるようだった。

土と血の臭いにまみれて、深い、大きな穴を掘る。忙しないことに、途中から暑くてたまらなくなってきた。汗だくで息を荒らげて、何度か吐いた。血の臭いがきつくて慣れないらしい。腹がすっからかんになって、余計に寒さを感じる羽目となる。

何時間もかけて作業が終わった頃には、肩と背中が腫れて重苦しいものとなっていた。日も完全に沈み、レグの存在が闇に溶け込んでカラスとなっていた。川の流れの中に秋の虫の鳴き声が混じる。少しだけ休んでから、犬にかけた土を叩いて固めた。

「この時代は死体を埋めるのが普通なのか。……形を残したがるのだな」

羽毛布団に包まれて寝ることが当たり前のニワトリが、感心したように言う。未来では死体がどんな扱いをされてしまうのか、少し気になる。魂も残らないほどに分解されて、大気に溶け込んでしまうんじゃないだろうか。

爪と肉の間に多量の土が詰まり、爪が膨れ上がっているように見える。指先も石で削れたのでぼろぼろだ。ぼんやり眺めた後、その両手をあわせる。

「死んだ犬はただの肉塊……と言いたいけど、俺はそこまで割り切れない」

黙禱《もくとう》する。人を嚙む躾の悪い犬だが、死んでしまえば、ただの犬だ。未来から来たのなら、世界にたった一人の知り合いもいないまま朽《く》ち果てていくことになる。そいつはあまりにも肩身が狭いじゃないか。

川に近いからか風が水気を含んで冷たい。傷口に張り付くように、寒気が俺を痛めつける。するすると、傷から糸のようなものが抜けていく感触があり、身震いする。

土の下はもっと冷たいだろう。これからもっと寒々しくなる。凍土が生まれ、死体は微生物によって分解されて原形を失う。安らかな眠りなんてものがそこに生まれるのか、まだ生きている俺には分かりやしない。それでも、と見ず知らずの犬を想う。まだ遠い遠い、冬を越えた季節。風雪を耐えしのんだ草木が芽吹き、川の輝きが少し増して。厳しい寒さがふと緩む、穏やかな春先に。

ゆっくりと祈る。魂が春の日和《ひより》に釣られて、未来へ行けますようにと。

アパートに帰ると、なぜかテーブルの上の飯がごっそりなくなっていた。

虫にでも食われたか、まぁどうでもいいかとひっくり返る。

「……未来というのは、柔らかいものだな」

ニワトリがなにか言っているが相手をする余裕がない。血を流したせいか頭が回らず、ぼーっとして、そのまま自然に目を瞑る。このまま寝ていても大丈夫かな、死ぬかなと思いつつも一度落ち着くと動けなくなった。

暗闇の中、ぱくぱくと。酸欠の金魚のように口を開く。

残念なことに俺に飼い主はいないから、餌も、一握りの愛も降ってこない。

今はそれでもいいと思えた。

彼女の命が燃え続けるなら。

俺の愛だって、薪《まき》としてくべればいい。

翌日、病院の帰りに大学へ寄ってみた。講義に出る気はないが、彼女に会えるんじゃないかという漠然とした予感があった。当たったら予知能力があることにしようと決めて、大学内を歩き回って彼女の姿を探し求めた。根拠のない予知であるのなら、自分の足で動き回ってでも実現させてしまえばいい。

そうすれば俺は、立派な預言者だ。

　そうして歩き回り、講義が丁度終わる時間を見計らって講義棟をうろつき回ったお陰もあって彼女と遭遇することができた。田之上東治が周りにいないことも幸いして、彼女がすぐに俺に気づいてくれる。彼女は俺の左腕に真っ先に目をやり、分かりやすく驚く。駆け寄ってくる際の走り方も以前より溌剌《はつらつ》としていて、そうした変化を認める余裕も今なら持てる。講義棟の廊下にある長いすに腰かけると、その隣に滑り込んできた。

「どうしたの、腕」

　開口一番で腕の異変について尋ねてくる。

「あぁこれ？　フライパンを振りすぎて、筋を違えた」

　平然と嘘をのたまう。犬に襲われたと説明するよりは現実的だろう。「なにそれ」と半笑いになりながら、彼女がぺたぺたと包帯を触る。触って揺れる度に穴の奥から激痛が溢れかえるので、それに耐えるべく歯を剝き出しにして食いしばる。

　そうすると昨日の騒ぎで欠けた奥歯を嫌でも意識して、その隙間具合に落ち込む。俺の中では腕の怪我よりも、歯が欠けた方が辛いらしい。どういう価値基準だ。

「あぁそうだ。動物を見かけたら注意したほうがいいよ」

「は？」

「注意しようね」

強引に、理由を省いて押し通す。「う、うん」と彼女が勢いに負けて頷いたので、よしとする。これを言いたいために大学へ来て彼女を探していたので、こちらの用事はそこで終わった。奇妙な注意というのは頭に残るものだ。これで彼女は動物を見かける度、俺の言葉を思い出してその意味に悩むことになるだろう。

それで十分だ、と帰ろうとする。そんな俺を、彼女が呼び止める。

「あ、昨日はその……ごめん！」

彼女が、がばりと激しく頭を下げる。腰も綺麗に曲がり、頭を下げている最中にも背筋が伸びている。礼の仕方も様になってきていて、なんとなく噴き出してしまう。

それにしても、跳ね回る髪がただ美しく、愛《いと》おしい。

「いいけど」

「ていうかあんたどこ行ってたの？」

顔を上げた途端、いつもの無愛想な彼女に戻った。腰に手を当てて、口が曲がっている。それもまた真っ直ぐな髪を栄《は》えさせて、たまらない。

「なんの話？」

「あのあと、やっぱりあんたの家に行ったんだけど……いなかったから」

彼女が若干バツ悪そうに言う。俺は目を何度かまたたかせて、あぁ、と悟る。

未来的なお犬様と殺し合いしていたのだが、それはさておき。

夕飯消失の謎が解決する。

「犯人はきみか」

大きくて美しくて愛しい虫もいたものだ。

「いやつい」と彼女が首を掻く。普通、飯ほとんど食ってから帰るか。神経が太いというか、いい加減というか。久しぶりに、俺の知る彼女らしさを見た気がして「くふふ」と笑いが漏れる。田之上の薄気味悪い笑い方が移ってしまっていた。

「なに笑ってんの、しかも気持ち悪く」

「なんでもないよ」

なんでもないのだ、と自分にも言い聞かせる。

こんなことで安堵してはいけない。これは彼女の気まぐれにすぎない。今はまだ、多少の気まずさもあったからそうしただけで。いずれもっと時間が経てば、その選択は逆転していくだろう。蓦目に傾倒して、俺は選択肢から消えうせる。

胸をかきむしりたくなる未来は、いずれ現実のものとなる。

だから、俺は求めない。

たった一滴の味に感動して。でも、次を期待してその場に留まってはいけない。

同じ雲は、二度と頭の上にやってこないから。

「そんなことより、味はどうだった？」

聞かれた彼女がにんまりとしながら、親指を立てる。

「まぁまぁ」

声の調子が表情とあっていない。愛想の配分にものすごい偏りがあった。

しかし、当面の目標は達成したわけだ。『まぁまぁ』の評価をもらえたからな。

「随分と上達していたけど、料理の鉄人とかに弟子入りした？」

「いや、素人に毛の生えたやつに相談して作ってみた」

田之上の名前を伏せて功績を潰しながら、肩を揺する。

おかしくはないが笑って、大学の講義棟の方へと身体を向けた。

山と墓地に隣接した大学は小高い丘のようで、いつも強い風が吹く。夏の残り香を運ぶ生温い風に吹かれて、頬の爪痕《つめあと》に染みた。腕の傷よりも少し深く俺をえぐるその痛みに、自然、味の薄い涙がこぼれた。

「さっきから笑ってばかりだけど。……いいことあった？」

「なんにもないよ。でもさ」

振り向こうか迷い、結局、前を向いたまま続ける。
「俺も田之上を見習おうと思ったんだ」
それどころか、あいつと違って根拠もないのに明るく生きようと思った。
明日が、曇り空でも。
俺にとって明るい未来でなかったとしても。隙間風ばかりの吹く関係で、愛がその
すべてを埋めてくれなくても。俺はから元気でせいいっぱい、笑っていこうと思う。
なにしろ約束をしたのだから、仕方ない。
できるはずで、やれるはずだから。
支えようと、思った。

三章『生きる理由を捨てた理由』

熊に襲われる夢を、時々見る。なんの影響かは考えるまでもない。場所は大抵、山の中でまぁ熊が相手だから無難なロケーションといえる。といっても木々はまばらだし、葉もろくに生え揃っていない。背丈の低い木ばかりが細々と立って、酸性雨か昆虫の被害にでも遭ったのかなと思わずにいられない。足もとはなぜか川原のように石が敷き詰められていて、土が見えない。本当に山なのだろうか。

対峙する熊は大柄だが頭だけが妙に小さく、どんなに目を凝らしても顔の部分は詳細に把握することができない。恐らく、俺が現実で熊の顔をじっくり観察したことがないから再現できないのだ。その熊に、大体の確率で俺は追い回される。

ここらあたりから景色や場面が断片的になるのが常なのだが、俺の逃げる先は多岐《たき》にわたる。街中を走り回ることもあれば、中学校の教室で机の間をぬうように逃げ続ける場面もある。記憶の欠片を切符として、乗り継ぐように逃げているみたいだった。

そのまままったく別の内容の夢が続いて、熊なんてなかったことになるというのも多いのだが、時折、それでもきっちりと追ってくる律儀なやつがいる。そういうときはそのまま大した抵抗もできず、最初に対峙していた寂しい山の景色へと揺り戻されて狩られる運命にある。届くことすらあり得ない俺のパンチが熊の太い腕をすり抜けて顔面に決まり、いい勝負を演じるのだが最後は力尽きて熊に嬲《なぶ》られることとなる。

そのとき、どこを噛まれて、突き刺されても痛むのは決まって背中だった。肩甲骨の周辺、丁度、あの犬に噛みつかれた部位だ。俺が知る、獣の痛みとはそれしかないからだろう。牙を突き立てられた経験が背中にしかないのだから、集うのも仕方ない。

そんな夢を見たときは大抵、まるで一睡もしていないように脳が締め付けられるのを感じながら目を覚ますことになる。日付を越えてのリセットがかからず、すっきりとしない寝覚めの中で、背中が震える。脇からも冷気が入り込み、たまらず「寒い」と呟《つぶや》いて、撥《の》ね除けた布団を手繰り寄せてその中に逃げ込む。

布団の中で冷えた身体が再び温まっていく、その温度の移り変わりに眠気を誘惑されて次第に目を瞑り。気づけばもう一度、幸福のまどろみへと沈んでいく。

「起きろー！」

はずだったが、布団ごと鋭く蹴り上げられる。寝入る直前の襲撃で夢うつつを意識と目玉がさまよい、記憶を半分ぐらい消去してしまったのではと思うほど前後不覚になりながら飛び起きる。起きた先にはすっかりジャージ姿が板について、髪を上でまとめた彼女が腕を組みながら仁王立ちしている。

そんな、いつもより少し騒々しい冬だった。


「ふひ、ひ……ひぃ……」

「顎上がってるよ、ほら引いて引いてー」

彼女が白い息を吐き、肌を紅潮させながら先を走る。すごく、得意げに。

年が明けて、一月半ば。後期試験と冬季休暇の狭間《はざま》にあるこの一週間、彼女が走るというので早朝のランニングに付き合ってみることにしたのだが、いつの間にこうなったと驚く。彼女の走るペースにあわせて街を行くと、脇腹が痛い。

俺は彼女の時間に適応できないでいた。吐きそうである。

腕の怪我を理由に走りこみを怠《おこた》って過ごしていた結果、すっかり立場が逆転してしまった。アパートの前へ一足も二足も早く到着している彼女のもとへ、ひぃこらと走る。吐き出す息はつぎはぎのように頼りない。耳まで熱くなっていた。

「はいお疲れ。……なんか、あんたに勝てると気分いいわー」

先に息を整えた彼女は涼しい顔をしてペットボトルに口をつけている。猫背で縮まっていた身体が伸びて開放されて、一回り大きくなったように見える。

彼女が差し出したペットボトルを受け取り、膝についていた手を離す。

「いやぉぼへたいぼへもんぼへ」

「なに言ってるのか分からないんだけど」

復活は時期尚早だったようだ。派手にむせ返り、また背を丸めることになる。

「なんか、あんたが小さく見える」

俺を見下ろす彼女がそんなことを言う。逆だよ、と指摘してやった。

「きみが大きくなったのさ」

「かもねー」

彼女が誇らしげに伸びをする。それを正面からじぃっと眺めていて気づいたが、胸も成長したかい？　というセクハラは控えた。

むせている間も一応、周辺に不審な動きを見せる動物がいないかと警戒はしていた。今のところ、秋に犬に襲われて以来、外を歩いていて動物に襲撃されることはなかった。当然、熊が街に下りてきたというニュースも流れていない。簡単に時間旅行などできない、というレグの言葉は本当なのかもしれない。そうでなければ次から次に刺客でもやってきそうなものだ。そうなると街は動物王国となり、ライオンが吉野家《よしのや》の前を闊歩《かっぽ》していてもおかしくない、そんな世界観へと至るのだろうか。

まぁ未来人は秘密主義のようなので、そうそう表立っては動かないだろう。

「空手どう？　強くなった？」

彼女に尋ねてみる。俺からその話題を振るのが珍しいからか、彼女が動揺を見せる。

いざとなれば彼女に守ってもらう必要があるからな。どれくらいできるか知っておきたい。とはいえ、空手の技で実際にどれがどうすごいのかなんて、知るはずもない。

「踵落としとかできる？」

「さぁ……足は大分上がるようになったけど」

言って、彼女が直接披露する。左足を軸にして右足を高々と、柔らかく持ち上げた。ゆっくりと上がっていく右足の爪先が、彼女の額にくっつくのではと思うほどだ。

以前の彼女は足を腹より上に持っていくこともできなかったのに、めざましい成長だ。蟇目とぴーちくぱーちくしているだけかと思ったら案外、まじめに鍛錬しているらしい。そうだよな、とランニングで完敗した現状を振り返って納得する。

少し休んでいる間に汗でべったりの背中が凍えるように冷たくなっていく。白い息をいつまでも見つめているのが嫌で、彼女を伴って部屋へと引っ込んだ。部屋の壁際には彼女に蹴り飛ばされた掛け布団があり、そこに埋もれるように白いニワトリが紛れていた。まるで自分の巣と主張するかのように、渦巻く布団の中央に落ち着いている。俺たちを見てコケーと挨拶してきて、「コケー」と彼女が真似て返した。

「ニワトリってペットショップに売ってたかな」

靴を脱ぎながら彼女が質問してくる。額を割るように流れる汗が美しい。

「え、知らんけど」

「じゃああれ、拾いもの？」

「庭にいたやつが勝手に居着いたんだ」

適当に素性をはぐらかす。実際、どこから来たのか俺も説明しづらい。

タイムマシンをどこに隠したとか、そもそもそんなものあるのか、とか興味はあるが少なくともこの部屋に、机の引き出しはないのでドラ○もん方式ではない。

となると、キテレツかな。個人的な希望としてはデロリアンがいいな。

部屋に上がった彼女が小走りでレグに近寄り、正面に屈む。レグがびくりとトサカを震わせる。

「ほぅ……ほほぅ」

彼女が左右に身体を振ってレグを覗き見る。レグが嫌がるように布団に顔を潜りこませる。彼女の顔に向けて尻を突き出す形を取る。ニワトリのフリをしてやり過ごす手に出たらしい。好きに遊ばせておくさと放っておき、朝食の準備に取りかかる。

「知ってる？　タコって賢いらしいよ」

「へーそうなんだ。そいつはニワトリだけどね」

「このニワトリもなんとなく賢い気がしてさ。仕草や反応がなんか、人間っぽい」

彼女に背中を向けたまま、どきりとする。レグなど平静を保てているのだろうか。

「ま、人間が賢いかは知らないけど」

そう一言付け足すのが彼女らしかった。実際、俺は賢くない自信がある。

賢くないから、いろんな部分に目を瞑っても生きていられるのだろう。

たとえば、彼女との関係とか。

俺と彼女の関係は年が明けても、大した変化がない。安定しているのではなく、沈静しているといった方が正しいか。波風に気づかぬよう、お互いに深いところへ潜ってクチバシでつつきあうような、そんな大人しさが間にはあった。

彼女が去年のクリスマスをどう過ごしたとか、そういうことに神経を極力すり減らさないように努めている。美術品は幾多の人間の手に渡る。しかし、それを愛《め》でたくなる気持ちに嘘はない。そんな心境だ。彼女の方も俺といるときは蟇目の話を控えるようにしているみたいで、気を遣われているのが少々やるせない。心から気にならないと言えば嘘になるから、彼女の気遣いはありがたくも切ない。

数日前に焼き鳥屋で買っておいたネギマを焼きながら、汁物に入れるたまねぎを切る。部屋でコケコケとうるさいが、レグが彼女になにをされているかは想像に難くない。実に羨ましい。俺も彼女に尻を弄《もてあそ》ばれたいものだ。……いや、なにか違うか？

『彼女と尻と俺』という題目で頭を悶々と悩ませながら、朝食を仕上げた。たまねぎとジャガイモの味噌汁《みそしる》に、焼き鳥。彼女は朝からの焼き鳥を見て露骨に色めき立つ。足をわきわき上下に振りながら、頬をほころばせた。彼女がもし時間旅行をするのなら、犬になるだろうと思う。

「食費もうちょっと払おうか？」

「きみは食事に肉が出るとそれだな」

分かりやすくて微笑ましいけど。彼女の言ったとおり、食費は徴収している。

なにしろ休みの日に限らず、大学に向かう前に昼飯、帰る際に晩飯と、彼女専用の食堂になりつつある。さすがに無償で提供し続けるのは無理があったので、相応の代金を支払ってもらっている。それでも彼女にとっては食事を考えないので便利らしく、ためらわず支払っている。……支払っているお陰で、肉食わせろとうるさいけど。

遊ばれてぐったりとしているレグ用にも白米を盛り上げた茶碗を置き、食卓につく。

箸を持ち、「いただきます」と挨拶して、茶碗を持ちながら彼女を眺める。

猛然と、ばくばくと小気味よく食べている。急《せ》き立てられるように食している。

紛れもなく健康な人間の食べ方だ。見ていて安堵しつつも、聞かざるを得ない。

「あー、その……体調とか、どう？」

まだ三年には遠すぎる。しかし、今から発露がないとは限らない。

長い闘病生活の果てに病死する可能性もあるのだ。

「いいけど」

聞かれた彼女の血色は確かに、以前とは比べ物にならないほどよろしい。

「この季節って、風邪とかよく引く？」

尚も遠まわしに質問してみる。「そうだねぇ……」と彼女が目を泳がせる。

「そういえば、冬に学校休んだ記憶がないかも」

「え、それは意外な」

田之上の思い出話に、『彼女へのお見舞い編』がなかったのは、それが理由か。

「あんまり外出ないしずっと布団の中にいたから、風邪菌もらわなかったのかな」

「なるほどねぇ」

ということはこれから三年ほど、彼女を引きこもらせる方がいいのだろうか。そんなことを今更言われても路線を変更しようがない。それに、仮にそれで彼女が救われたとしてもその後が問題だ。そこで物語が区切りよく終わってくれれば……一緒じゃないか、それじゃあ。死ぬのも生きるのも一緒になる。そいつは困る。

彼女に健康的な食事（実家の母直伝）を提供することも習慣づいてきた。お抱え料理人かトレーナーみたいな位置に落ち着いて、さてこれでいいのかというと疑問だ。

彼女が部屋に来る。共に食事をする。大学の友人。彼女の下着の色は一枚も知らない。彼女の部屋に招待されたことはない。下の名前で呼ぶことはなく、共通の趣味で盛り上がって休日に出かけることもない。お互いの生活を、程よく見ないフリ。

付かず離れず、という言葉がこれ以上もなく相応しい。

なぜ、俺がレグに『選ばれた』のか。その理由を実感しつつある。

俺と彼女の距離は、適切に離れている。それを縮めることも、思い切って離れることすらできない。人の繋がりが運命であるなら俺たちには確かにそれがあるのだろうけど、その形と結びの長さは、俺にとって望むものではない。

鋼鉄のリードと首輪で管理されているようだった。

「……どしたの？」

「え？」

「ぼーっとして、全然食べてないけど」

などと心配しつつ、彼女の手が皿の上の焼き鳥に伸びる。既にほとんど残っていない。彼女の前にできた串のコレクションを眺めて、こりゃすぐ死なないわと確信する。

「……いや。健康が一番だと、思っただけ」

部屋の隅で米粒を突いているレグを一瞥しながら、笑う。

今は楽しい。それもまた、真実だった。


一月下旬、後期試験を受けるために大学へ向かうと、うるさいのに出くわした。

「やぁ！　明けましておめでとう！」

田之上が坂の終わりに立ち塞がる。駐車場と寮を管理する詰め所の守衛さんよりやる気に溢れていそうだ。いつから待っていたのか、鼻と頬が寒さと鼻水で赤くふやけている。

太陽のごとくぎらぎらしているが、そんなものが近くにあれば眩しいだけだ。

「それ、正月に聞いたけど」

「あれ、そうだったかな」

彼女のその返事を引き出すために言ったのが一目で分かるほど、露骨に勝ち誇っている。あぁなるほど、正月、自分は彼女と過ごしましたと。正月三が日の晩飯はすべて俺が担当していたのだが、と反撃することはたやすい。しかしこいつに対抗意識を持っても、という気はする。どっちにしても蓦目の存在が頭一つ上にあるわけで。

隣の彼女は「けぷ」と満腹に浸っている。腹に血が集って、頭が回っていないのが一目で分かる、だらしない顔だった。しかも田之上が延々、俺に向けて得意の表情を見せている間に無言で離れていく。あ、俺に任せて逃げやがった。

途中から早歩きとなり、その伸びた背中や揺れる髪の流れに目を奪われていると、安全圏に達したところで彼女が振り向き、俺に向けて親指を立てた。謝罪するどころかまったく悪びれない態度が、かえって清々《すがすが》しい。

そろそろこいつを黙らせよう、と彼女スイッチを押した。

「おい貴公子、いや奇行士。彼女は先に行ったぞ」

踊らないピエロこと田之上に指摘してやると、やつの口が中途半端に閉じる。振り向き、首を振って確かめた後、田之上は心底不可思議とばかりに、首を傾げる。

「おかしいよな、運命的なはずなのに」

「運命より試験が優先なんだろ」

俺もそうだった。そして言うなら試験より、未来を優先したい。

田之上を無視して行くことは簡単だが、敢えてその場にとどまる。彼女が先に行ったことは好都合かもしれない。こいつの問題もそろそろなんらかの探りを入れておきたいところだ。未来人がこいつを利用しようとしているのは確実として、その意図はなんなのか。どうやら田之上に酷く都合のいい未来をでっち上げて吹き込んでいるみたいだが、彼女に田之上を接近させるのが狙いか？　……そう考えると、俺も似たような状況なのだが。

レグの言葉を信じて、彼女の側にいる。まったく同じだ。

レグは仲間ではないと言い切っていたが……実際、怪しいところだ。少なくともこちらの素性は筒抜けだ。そうでなければ犬が俺を狙って噛めないからな。

「お……お？」

田之上の目が俺を通り越して、坂の方に向く。疑わしそうに細められた目に釣られて振り返ると、俺も田之上と同じような顔にならざるをえなかった。

「馬？　……馬？」

目を疑い、二度見する。坂を上がってきているのは紛れもなく、馬だった。

ブラウンの毛並みも艶やかに、かっぽかっぽと馬がやってくる。手綱を引くのは乗馬用の格好の若い男で、恐らく学生だ。……まさか、通学用の馬ってわけじゃないだろう。田之上も含めて他の学生も注目している。その田之上が言った。

「あぁあれってあれだろ、ああいう、あれ」

『あ』が多いばかりでなんの説明にもなっていないぞ。じれったく感じながらも田之上の説明を待つ。その間にも馬が接近しつつある。今のところは車道を挟んで向かい側の道を行くようだが、いつ、軽々と乗り越えてこちらへ走ってくるか分からない。

動物を見れば、すべてを疑え。それがここ数ヶ月の、俺の標語だ。

「乗馬部のやつだよ。春に新入生を勧誘するために本物の馬を連れてくるんだ」

田之上が人差し指をくるくると回しながら、得意そうに解説する。言われて、春先に一人乗り飛行機や自動車と一緒に並んで、庭に佇む馬がいたのを思い出す。

「そういえば、そんなのもいたな……で、その馬が今、なんでいるんだ？」

この時期に新入生なんかいるはずがない。やつはなにを目的に坂を上がってきたのか。乗馬部のやつに綱を引かれて、と装って歩いているのか……？　それとも乗馬部のやつも仲間なのか。そもそも馬の脚で、こんな硬い地面を蹴って走り続けることができるのか。犬に噛まれるならまだしも、馬に体当たりなど食らえば上半身がばらばらに砕け散りそうだ。ここは慎重に、今の内から逃げるべきだろう。

そろそろと、馬に背を向けて小走りで動き出す。

と。

馬が首を伸ばしてこちらを一点凝視し。その身体を、俺に向けて発進させてきた。

動き出した姿を見て、確信を得たように。

その状況の転がり方を見て、こちらも二つほど確信する。

一つ、相手が普通の馬ではないこと。

そしてもう一つは、失敗したことを。うまく炙《あぶ》り出された。動くにしても中途半端だった、と後悔しながらももう止まれない。馬があっという間に距離をつめてくる中で、俺は中央棟を目指す。上るにしても時間がかかるはずと判断して、中央棟への階段を駆け上がることを選んだ。その途中で既に、馬は階段下まで詰め寄ってきていた。

問題はここからだと見下ろして確かめると、馬は確かに全力でこそ上がってこられないが、芸達者に階段を上ってくるではないか。

あ、やばいかなり速い。一気に焦りが加速して、足もとがぐにゃぐにゃと、感覚を破棄したように曖昧になる。前へ進めているのかも不安になるほど焦り、階段を上がりきった後も真っ直ぐ走っているように思えない。考える間もなく正面の中央棟の入り口を目指しているものの、上がってきた馬の生み出す風が背中を薙ぎ、総毛立つ。

そこに入り口脇の喫煙所が視界に入り、すがれるものならなんでもよいと、咄嗟にそちらへと腕を伸ばす。真っ黒に塗装されて長方形の形を取る、備え付けられた灰皿に腕を巻きつけるように伸ばした。勢いなど加減できなかったので側頭部を叩きつける形となったが、抱きつくようにして強引に進路を変更する。宙を舞う右足が馬の纏う風に泳がされて、ひぃと悲鳴が漏れるものの体当たりを避けることには成功したようだった。

馬はそのまま、中央棟の入り口にある自動扉へと減速なしに突撃していった。一枚、二枚と某ウルトラクイズばりに景気よく、紙を破るようにガラスがぶち破られる。舞い上がるガラスの欠片が吹雪のように馬の後方へと駆け抜けて、その道を彩る。馬が見知った近代の土地を駆け巡る。非現実を超えて幻想的だった。

この後、どうすればいい？

ガラスをぶち破って突入していった馬がこちらへ戻ってくるのなんて、きっとすぐだ。今度こそ逃げ場を失い、灰皿に抱きついたまま肩が震える。馬がそのまま彼方《かなた》まで走り去ってくれることを淡く期待するものの、目に見えての減速に絶望する。

しかし踏ん張って減速した馬が、再加速してくることはなかった。

「……あ、れ？」

ガラス片の大量に突き刺さった馬が横転して、血をにじませながらもんどりうつ。動く度に刺さっているガラス片がより深く刺さり、更に悲鳴をあげて、動きが激しくなり……と悪循環に囚《とら》われて、苛まれている。俺はそれを、呆然《ぼうぜん》と観察する。

どうやら階段を上る練習はしたが、自動扉をぶち破る訓練は積んでこなかったらしい。そりゃあ、あれだけの速さで突っ込めば痛いなんてものじゃないはずだ。薄いから平気、とでも思ったのだろうか。

未来ではもっと別の材質で作られているのかもしれないが、現代ではそうもいかない。しかし咄嗟に判断できなかったようだ。えぇいままよ、と突撃して結果、このざまである。そうした曖昧な楽観と判断がいかにも、人間臭かった。

中央棟に飛び込んできた馬に、受付の女性や掲示板前に集う学生たちが仰天《ぎょうてん》している。それと外からも、馬を引っ張っていた学生がロメオだかなんだかと叫びながら飛び込んできた。どうやらこの馬を純粋に飼っていたようで、俺には目もくれない。

未来人と共謀しているならこちらへ一瞥ぐらいはよこすだろう。

もう少しことの成り行きを見守りたかったが、騒ぎから離れるべく、無関係を装って階段を下りる。別の講義棟へと何食わぬ顔で入り、廊下の突き当たりの便所へと逃げ込む。個室にでもこもって時間を潰すつもりだったが足腰が限界だったらしく、入り口の途中でぺたりと、尻餅をついて動けなくなってしまった。足の裏まで震えていた。そして頭を打った影響が今頃出てきたのか、ぐるぐると目が回り、吐き気が酷い。

「速いって、単純に怖いわ」

考えている暇も、意識する余裕もなく死にかねないというのは数多い死に方の中でもとりわけ、恐怖の純度が高い。俺は自分の死が、自分の意識の延長線上にあってこそ納得できると思う。老衰に憧《あこが》れる気持ちも分かるけれど、俺は納得して死にたい。

気づかない間に、自分が自分でなくなるのは嫌だ。

できるはず、やれるはずと鼓舞している暇もないのは困る。

昔は合戦上で馬に乗っているやつとも戦ったわけで、よくできたなと尊敬する。

しかし本格的に、俺の方が命を狙われているらしい。

なぜなんだ？　彼女の未来を変えようとするのを、妨《さまた》げようとしているのか？

「きみだったのか」

突然、背後から声がかかり。影が差して俺を飲み込み、背中が跳ねる。

振り向いた先には、田之上だ。追いかけてきていたらしい。熱い眼差《まなざ》しを向けるついでに、俺の周りをぐるぐる徘徊《はいかい》する。そして締めに強く指差す。

「なるほど。悪の枢軸《すうじく》とはきみのことだったのか」

ずいぶんとご大層な役職？　に任命されてしまい、呆気《あっけ》に取られる。

「あ？」

一々、言葉の選び方さえ芝居がかっている男が、俺に手を差し伸べる。悪の枢軸呼ばわりしたやつを助けるとはどういう神経だと思いつつも甘えて、引き起こしてもらう。しかし足を伸ばそうとしても結局、震えてろくに動かないのでまた床に膝を突く形となる。それ以上は田之上も世話を焼いてくれない。見下ろしながら、口を開く。

便所の後光を背負った田之上の無駄な輝きに、やつの人生を見た気がした。

「明日、俺の部屋に来るといい。きみに真実を教えてあげよう」


「きみは僕にどんな返事を期待しているんだ？」

レグがいたって冷静に切り返してくる。この程度は織り込み済みのようだった。

試験をすべて終えてから帰宅して、お茶を飲む前に今回の件についてレグに報告したところ、この受け答えだった。レグの言葉は特に、最後の田之上の誘いについてかかっているものだろう。

「悪の枢軸ときたか。きみ、存外すごいやつだったんだな」

見直したよ、とレグが言う。なにはともあれ未来人の冗談に「わはは」と笑う。

俺も知らない間に出世したものだ。まさかなにもしていないのに枢軸とは。

「すごく格好つけて言われて、思い返すと恥ずかしくなってきた」

「おや、きみがこの程度で照れるとは思わなかったな」

レグが真顔で笑い飛ばしてくる。いくらニワトリの姿に慣れても表情は変えられないようだ。こう見ると、感情だけではいかんともしがたいことってあるよなぁと感じる。

種族の壁は心意気だけでは越えられないのだ。それはさておき、ふと気づく。

「お前、田之上と喋り方似てない？」

ムッと、レグがクチバシを普段より尖らせた……ように見えた。

「僕はきみに真実なんか教えてやらないぞ」

「ははは」

何気に問題発言な気もするが、本人だって胡散臭いのは承知しているだろう。

「けど笑ってばかりもいられない。今回はさすがに死ぬかと思った」

現代日本で馬に襲われるという体験も珍しい。多分、よく比較に出される飛行機事故に遭う確率とか宝くじに当たる確率ともいい勝負ができるんじゃないだろうか。しかしあの手の確率の低さを語る場合というのは、宝くじ以外の例え話にろくな内容がないように思うのは俺だけだろうか。人間は基本的に、悪いことが起きる確率の方が低くなっているからだろうか。そうでなけりゃあ、こんなに繁殖しないだろう。

「馬か……機動力はあるが、街中では機能を発揮できまい。また運がよかったな」

「そーね」

悪いに決まっているだろう、馬の体当たりを食らいそうだったこと自体が。

ガラスの代わりに俺が宙を舞っていてもなんら不思議ではなかった。切り抜けたのは偶然で、こいつはなんの役にも立っていない。居候の未来人をジッと見下ろすと、視線に思うところがあったのか、レグが弁明してくる。馬の件ではなかったが。

「誓うが、僕はきみに嘘を教えたことなんかないぞ」

「あぁ分かってるよ。お前はろくに説明していないんだ、嘘なんかつく必要もない」

お前は嘘つきではなく、詐欺師《さぎし》に雰囲気が近い。嘘つきは自分を含めて騙《だま》すが、詐欺師は相手だけを騙そうとする。レグがトサカを揺らしながら、羽を上下に揺する。肩をすくめて笑っている、というところか。

「信用がないな」

「あると思うと、胸を張れるか？」

「はっはっは」

レグが真顔で笑い声をあげる。勿論《もちろん》、そのたくましい胸筋は披露しなかった。

「それできみはその誘い、乗ってみるつもりかい？」

「……考えている最中だ」

田之上に与《くみ》する未来人が『犬』や『馬』の仲間であるのなら、命の危機を警戒する必要がある。わざわざ危地におもむくのも馬鹿らしいというものだ。けれど、レグ以外の未来人に話を聞くのは状況を判断するために重要なものとなるだろう。

……というのは未来人が関与していること前提なのだが、まさか未来人など関係なく、田之上ののろけ話みたいなものを延々と聞かされる、という斜め上なものが待ち受けているとは思いたくない。……ないよな？　ないはずだ。

「しかし、未来人というのは不便というか。回りくどいことが好きだよなぁ」

「うん？」

「わざわざ時間を越えてまでやってきて、人を一人殺す方法が馬の体当たりなんてどういう笑い話だよ。大体、彼女を直接狙えないからと俺を殺そうとして、そんなので未来なんて本当に変わるのかね？」

自分にそこまでの影響力があるなんて到底思えない。蟇目の存在があるから余計に自分を軽んじているのだろう。頬杖をついて溜息をついていると、レグが言った。

「イチゴのショートケーキからだな、イチゴを摘み取ればいいわけだ」

「あん？」

「そうしてイチゴを取り除けば、ショートケーキではなくなる……わけだ」

自信というものを持ち合わせないまま、取りあえずクチバシを動かしている、という風情のレグが例え話を披露してくれる。なぜショートケーキを例えに出したのだろう。米粉で作ったケーキ、というものを買ってきて少し食べさせたことはあるが。もしや催促のための例え話、と考えるのは邪推だろうか。

「それはさておき、僕はついていかないぞ。なにしろ無力なニワトリだからなぁ、犬も倒せんよ」

「分かってる。ニワトリを頼りにするものかい」

ぷるぷるしているトサカを掴む。コケーと抗議の声をあげるが無視した。トサカに触れたまま、首に巻いているリボンを見る。……「あ、そういえばそのリボンの」

「腹減った」

玄関の扉が開かれて開口一番、そんな声が聞こえてきて、思わず尻が浮く。吐き出しかけた言葉を飲み込んで、大慌てで振り返る。玄関に立つ彼女の目に不審の色はない。俺がニワトリと仲良くお話している場面は目撃されていないようだ。

俺とレグ、双方が命拾いする。レグも動揺気味なのか、千鳥足になっていた。

「お腹が大変に空いています」

なぜ丁寧な口調になる。しかも帰ってくるなり、挨拶もなしにそれか。

「……どこの地方のただいまだい、そりゃあ」

「きゅーくるる」

腹の鳴る音まで再現しなくてよろしい。

小学生みたいな彼女の言い分に、頬を緩ませながら腰を上げる。

「いま準備するよ」

「うん。あ、でも、明日はいいから。その、晩御飯」

彼女が手を横に振る。そういうことを言い出すときは、理由が決まっている。

少しだけ意地悪く尋ねてみた。

「デート？」

「そういうのじゃ……うん、そういうのかも」

ごまかそうとした彼女が、頭を振って、素直に肯定する。

赤い鼻を寒さのせいにできるから、冬って便利だと思う。

正面から向き合って言い切られて、こちらも気持ちいい……はずがない。

彼女は誠実かもしれないが、誠実が清涼を運ぶとは限らない。

「丁度いいよ、俺もデートに誘われているから」

見栄を張って、そしてその虚栄心から明日の自分の行き先を決める。

そんな簡単にとも思うが、簡単でいいのだと思う。

少なくとも、なにもかも不透明で真っ暗な未来の行き先を決めるのなら。

いくら考えて、いくら悩み、真剣に向き合ったとしても見えないものが見えるようになるわけじゃない。どれだけ目を凝らしても透けては見えない、当てられない。

透視能力の訓練なんか、ガキの頃に遊んだマインドシーカーでこりごりだ。

彼女にとっても予想外の返事だったようで、動揺が見て取れ、動きも止まる。

見ていて少し気分が晴れた。褒められたものではないけれど。

「……え、誰？」

「さぁて、どんな『形』をしているのやら」

外れしかないくじ箱に手を突っ込む心境だった。

あぁ、楽しみだ。

来いと言われても俺と田之上は友達ではない。あいつの住んでいる場所など知らないので訪ねようがない。朝方にそれに気づき、取り敢えず大学にでも行ってみるかと考えて準備していたところ、扉を開けるやつがいた。田之上だった。

「迎えに来たぞ、えぇと……きみ、名前なんだった？」

まさか出迎えにまで来るとは思わなかった。

そういえば以前に一度、部屋に招いたことがあったな。すっかり忘れていた、ついでに施錠することも。彼女が帰るとき、つい鍵をかけ忘れてしまう。それは前に一度あったように彼女が勝手に部屋に上がりこむことを、どこかで期待しているからだろうか。

「さぁ行くぞ」

「待てよ、準備中だ」

玄関先で元気よく手招きしてくる田之上をあしらう。こいつにレグを見られると不都合あるかと思ったが、やつは今、掛け布団に紛れている。頭から突っ込んで尻だけ出している姿勢なので保護色が効いている、遠目なら大丈夫だろう。というかレグは寝ているのか？　微動だにしないが、見ているだけでは分からん。

「さぁさぁさぁさぁ」

「分かった、急かすな、気持ち悪い」

男を家に招待するだけで盛り上がるんじゃないよ。

朝食も抜いて、田之上に外へと引きずり出される。なにが悲しくて男と早朝から外を歩いて身体を凍えさせる寒さを体感しなければいけないのか、と愚痴りながらも地下鉄の入り口の方へと歩いていく。俺はまだ昼から試験が残っているのに、こんなことしていていいのだろうか。昨日の馬はあのあと、どうなったんだろう。歩いている最中、この世の真実とはあまり縁のなさそうなことばかり考えていた。

先を行く田之上は地下鉄の前を通り、角に駐輪場とコンビニのある左手側の通りへと入っていく。そして大通りから一本離れた後、延々と歩く。友人でもない男と一緒に歩くせいなのか、時間が何倍にも間延びして感じられる。田之上は後ろから眺めていても早歩きで、俺もそれについていっているはずなのに、身体が重い。

帰り道もきっと、長くなりそうだと冬の寒気に鬱々としたものを募らせる。

本屋と不二家《ふじや》が見えてきたところでその奥に入り、水色のマンションへと案内された。田之上は俺と同じように一人暮らしで、俺より家賃の高い場所に住んでいる。吹き抜けのような通路を越えた先には緑地が広がり、邸宅の庭みたいな様相を呈している。その奥を抜けた先、一階には漫画喫茶が用意されているようだった。

もしここに住んでいたら、喫茶店にレグが入り浸りそうだ、と無茶なことを想像する。

「そこのおのぼりさん、こっちに来たまえ」

庭を眺めて足を止めていると、田之上が嫌みをこめて手招きしてくる。別に俺から来たいと言ったわけでもないのに、と反発して帰ろうかと考えたがここまで来たのなら一応、付き合ってみることにした。

ホールのエレベーターに乗って、上を目指す。ぐいんぐいん、上昇する度に自分の重力が足もとから吸い取られていくみたいだ。そうして軽くなって俺たちは浮遊しているんじゃないかと、エレベーターに乗るといつも想像して、不安になる。

田之上の部屋は六階だった。エレベーターが止まってから聞いてみる。

「なぁ、なんでわざわざ高いところに住むんだ？」

「高いところ苦手なのか？」

「いや、そういうわけじゃないんだが」

金持ちはなんで高いところが好きなのか聞いてみたかっただけだ。

６０６号室の鍵を開き、「どうぞ」と田之上が部屋の中へと招き入れる。玄関に並んでいる靴からして、汚れて丸まった雑巾みたいな靴ばかりの俺の部屋とは雲泥の差があった。田之上くんとお友達になるべきではないか、と打算的な友情に心がぐらつきながら靴を脱いで、細い廊下に上がった。田之上は廊下の奥から左手の側へと消えたので、そちらに続く。右手側は少し覗くと寝室になっているようだ。

二部屋あること自体に羨望しながら、やってきた居間らしき部屋で立ち止まる。鉢植えみたいな花の飾られたテーブルが部屋の中央にある。椅子はそこに四つ、奥にはダイニング。触れれば指の汚れがべったりつきそうな真っ白いソファに、メロンソーダをぶちまけてから年月が経ったような緑色の絨毯《じゅうたん》。ついでに高いだけあって窓から街を一望できるが、こんな薄黒い町並みなど、見ていても面白みがない。

「……………」

そうして首を巡らせて無視するのも限界だったので、目をそちらに向ける。

部屋の中央に置かれた長方形のテーブル。

そこに、縄のようなシルエットを動かすものがいる。

初めてレグがこの世界に現れたときのように。

花と共にテーブルに鎮座するのは、『蛇』だった。黒と赤の縞《しま》模様が目立つ、胴体の細い蛇が頭を上げてこちらを見据えている。ちろちろと出ている舌先も身体のように赤い。独特の光沢を放ち、鱗《うろこ》の一つ一つが絡み合い、動き回っているように見える。頭部が流線型のような形を取り、こんな蛇、見たこともない。

目があうと正に蛇睨みとばかりに緊張してしまう。

「蛇なんか飼っているのか、あんた」

すっとぼけて、驚いてみる。実際、蛇なんて苦手だ。田之上が「いや、そうじゃないだろ」と至極まじめな反応を返してくる。ここは敢えて、更にとぼけてみた。

いきなり蛇に話しかけたら、おかしい人じゃないか。

「金持ちは蛇皮の財布を現地調達するのか？」

「とぼけるのはやめなさい」

焦《じ》れたのか、蛇のほうから話しかけて制してくる。驚いた、腹話術か、と白々しくとぼけるのも限界なので、なにはともあれ椅子を引いて座る。椅子なんてものが部屋に不要の俺とは酷い違いだ。俺も、恐らくこいつも親からの仕送りだけで生活していると思うのだが、この差はどういうわけだろう。

「喋る蛇か。うちんとこにいるやつの方が人気は出そうだな」

ペット自慢で対抗してみる。田之上が首を傾げた。

「そんなのいたか？」

「あぁ、さっきは散歩に出していたから」

適当にごまかす。それから、蛇に軽い調子を装って尋ねる。

「あんたが未来人の元締め？」

「そういうわけではありません。リーダーなんていませんよ」

蛇の声は女のものだった。それも結構、歳をいった縦筋をしのばせた声で、小学校のときの担任を髣髴《ほうふつ》とさせる。出張ばかりしている変な先生だった。

「今日はこの悪の枢軸に色々とお話しくださるそうで？」

「悪の？　枢軸？」

さて、と。

蛇が言葉の凶悪さに気圧されている。なんだ、田之上オリジナルだったのか。

「あんたはちょっと席外してくれ」

田之上に向けて言う。部屋の主は目を丸くして、意外な提案に驚く。

「え、なんで？」

「蛇と二人きり……っていうのもおかしな表現だが。ちょいと秘密の話がある」

こいつがいると語りづらいこともあるだろう。この蛇は、きっと騙しているから。

最初は難色を示していたが、「私からもお願いします」と蛇が同調したため、渋々、田之上が受け入れる。

「あぁ、じゃあ。大事なところだけ先に言っておいて」

田之上が蛇に促す。蛇の頭がにゅるにゅるとうごめく。

「熊谷藍と『本来の歴史』で結ばれるのはあなた、という話ですか？」

蛇が若干、うんざりしているような様子を口調にしのばせて語る。

「そうそこ」と田之上が無邪気に笑って、本当にそれだけが大事だったらしく嬉々とした足取りで部屋を出て行ってしまう。よっぽど嬉しかったのは分かるが、それでいいのか。助かるけど、本当にそれだけでいいのか。単純というか、純粋というか。

彼女がどれくらいそれに応《こた》えるかは知らないが、俺よりもあいつの方が彼女への愛は大きい、きっと。それで自分を含めて、なにかが救われるわけではないのだけど。

「あなたも呆れましたか？」

蛇が同意を求めてくる。それには答えないで、田之上を外した理由をこぼす。

「あいつがいない方が、あんたも気兼ねなく喋れるだろう？」

「ええ。これで誤解なく真実を伝えられます」

蛇が真顔で（動物はどいつもこいつも真顔だが）そんなことを言い出すので、内心でうわぁという気持ちになる。真実という言葉の響きが、薄い壺《つぼ》を指で弾くように、内側で反響している。

「知恵の実を食えとそそのかすのも蛇だったな」

「あなた、パーでいたくないでしょう？」

この時代でどれくらい暮らしているか分からないが、現代的な用語も身についているようだ。身も蓋《ふた》もないあけすけな表現に笑っていると、蛇が溜息めいた仕草をする。

「あなたのもとにいる未来人は、なにを吹き込んだのやら」

「あんたにこそ聞きたいね。田之上を騙している理由ってやつを」

こうして対峙していると、少なくとも俺の部屋に現れたあいつがニワトリでよかったと思う。部屋にいきなり蛇が出てきたらゴキブリを見つけた女よりも大騒ぎしてお話にならないし、説明が終わった後もよろしくやっていけなかった。

「なにも騙してなどいませんよ、人聞きの悪い」

「さっきのあれが嘘ではないと？」

「本当ですよ。本来の歴史では、熊谷藍と彼は恋仲になるはずでした」

「へぇ……」

さっきも用いていた表現だが、『本来の歴史』という部分が気にかかる。

そこについての説明を目線で求めると、蛇が赤い舌をちろちろ覗かせた。

「今から二年と半年後、熊谷藍は死亡する。それが本来の歴史なのです」

「ふぅん。それ、田之上に教えていないな？」

「いませんね」

蛇は悪びれない。話していないのだから嘘ではないと言いたげだ。

どっかの誰かさんを思い出させる態度に、コケーと鳴いてしまう。

「なんですかそれ」

「癖なんだ。それで？　続きは？」

「……彼女は二年と半年後、この時代においては未知のウィルスに感染します」

「ウィルス？」

「ええ、人を死に至らしめるぐらいの力があるやつです。彼女がその第一の犠牲となるのですが、その犠牲が早期に発見されることで、人類は滅亡寸前に陥《おちい》る被害を回避できるのです」

蛇の淡々とした説明に、目を丸くする。すぐ飲み込むには少々、話が大きい。

しかし卵を丸呑みする蛇を真似るように、喉を広げて、段々と飲み込んで。

様々な理解が、乾いた地に雨が染みこむように、満たされる。

「……あーはいはい、なるほど。なるほどね、病死か。あー、あー、うん」

色々と、合点がいった。俺のやってきたことや、レグが促してきたことにも。

確かにそれが本当なら病死である。レグは嘘をついていない。しかし未知の病原体に対抗するために空手って、どんな発想だ。

遠い未来では外国人が忍者を誤解する感覚で、空手が神格化されているのか。

蛇の牙が俺に向く。確かな敵意を振りまいて。

「しかし、その未来をあなたが阻害《そがい》しようとしている」

「……俺が？」

未来が変わっている？　俺のお陰で？　俺のやったことは、彼女に適度な運動と食事を提供したことだけだ。あれで効果があったのか、とそちらに驚く。

「でもさぁ、変えようとするのは当然じゃない？　俺、彼女好きだし」

「人類が滅ぶとしても？」

蛇がその引き換えとなるもの、犠牲について問う。

「あなたの行動によって引き起こされた掛け違いが、未来を大きく逸らす始まりとなる。本来の歴史からこれ以上外れるようなら、軌道修正の時間が足りなくなります。手遅れになる前に、あなたをどうにかしなければいけないと、今日はお呼びしました」

「どうにかという表現に不穏を感じるけれど……なんだよ。彼女が死なないと絶対にだめなわけか？　他の、えぇと……誰でもいいじゃん、彼女と、あと俺以外なら」

「ええ。人類が救われるには、熊谷藍が感染する。これが必要です」

「ふぅん……彼女がそんなすごいやつには、到底思えんよ」

普段、気が緩むとふと見せる間の抜けた顔を思い起こすと、『人類』なんて大きな概念とは無縁に思える。試験に青息吐息で、長い春休みを楽しみにして。朝飯に肉が出ればご機嫌な彼女が死ぬだけで人類が救われて、生きようとすれば、人類を殺す。

「……んー」

掛け違いという表現が未来人は好きだな。時間というものをそうした概念で理解しているのかもしれない。俺たちとは認識が異なるのは当然だろう。

蛇が頭を垂れる。俺に向けて頭を下げているのだろうか。

「これ以上、彼女に干渉するのを控えてください。現段階でこれは、お願いです」

「お願いねぇ。聞いてやりたいけど、俺、蛇嫌いなんだよな」

騙して俺の首をぱくり、とやられることもあり得る。見た目からして毒の一つは持ち合わせていそうだし、仮になくとも口の中など不潔に違いない。なにしろ未来出身の蛇だ、どんな悪玉を所有しているか分かったものじゃない。

「聞き入れないなら考えがあります」

最初からそちらの方法で脅《おど》しつけることしか考えていないのが、露骨だ。

しかし敢えてここは聞いてみる。

「どんな考え？」

「こちらには『熊』の用意があります」

蛇が手札を一枚明かしてくる。明確な脅しであり、実際、怯《ひる》む。

マジで熊となった未来人が出てくるとは。ワニや虎《とら》と並んで恐れていたものだ。

「それがなにを意味するかはお分かりでしょう」

「……マタギを雇え？」

蛇が大口を開けて威嚇《いかく》してくる。いや、真剣に考えたのだが。

「あくまで、人類の展望を阻もうと？」

「んー……人類とか天秤《てんびん》にかけられても、しっくり来なくてね」

彼女が俺にとって、どれくらいの重さなのか。それがまだ、少しあやふやだ。

そこさえ決まれば、案外簡単に答えは出そうなんだが。

「ま、考えてみるけどさ……その前に一つ、聞いてみたいことがある」

「なんでしょう、答えられる範囲なら」

それがケチなニワトリより狭くないことを祈る。

「なんで、田之上を騙している？」

「別に。生活するための居場所を提供してもらうための方便で、大した意味はありません。熊谷藍に関する人間なら誰でもよかったので」

生活のためとは、なんとも切実な理由だった。しかし、そうだよなぁと納得もする。レグだって俺に保護されているからぬくぬく生きているわけで、そうでなければ本懐を遂げる前に始末されかねない。未来からはなにも持ち込めないみたいだし。

以前に犬に襲われたとき、あのニワトリはなんの役にも立たなかったからな。

危機に陥ったら羽を広げてレーザー銃でも構えてくれるかと期待していたのに。

「あいつにちゃんと全部教える気はないのか？」

「教えてなんの意味が？」

変温動物らしい、冬の冷たさを蛇が発揮する。この蛇、有無を言わさず取り敢えず六階の窓から放り捨てておいた方がいいのではと一瞬、邪《よこしま》な考えを思いつく。

言葉が通じる相手を、襲われてもいないのに殺生に及ぶのは気が引けて、実行に移せそうもないが。

「事実を知ってもあいつは、彼女とくっつきたがるかな」

他に田之上東治が、熊谷藍と運命的な仲を保つ道はなさそうだし。

別の道に行けば、田之上の方が死んでしまうだろうから。

やつのはしゃぎ顔を思い浮かべながら、蛇に聞いてみる。

「あり得ますね。彼はそういう性格をしている」

「だよなぁ……」

一途というか、盲目。きっと悩まなくていいから、羨ましかった。

「……できるかな」

決められるだろうか、俺に。まず、なにを決めればいいのか見定めることが。

「んー……んー……」

腕を組んだまま、唸り続けていた。

田之上のマンションから警戒しつつも離れて、通りにある喫茶店でコーヒー一杯を楽しみ続けること一時間。店員の視線が痛くなってきたが、延々、思考が迷路を巡る。

蛇と話したことは有益だった。恐らく、有益だ。レグが語ろうとしないことの一端を知ることができて、俺の思考の幅も広がったわけだから。一方で、悩みも増える。

蛇の話を思い返し、よく考える。

彼女が三年後に死亡する、というのは共通の認識らしい。それが本来の歴史というやつなんだろう、多分。しかし蛇が言うにはその歴史を辿らなければ、人類は未知の病原体によって存続を脅《おびや》かされるほどの被害をこうむる。以前にレグが話していたが、彼女が聖女のように扱われているという理由にも納得がいった。

「なるほど、ほどほど……」

まったく手をつけていなかったコーヒーをすすってみる。冷えて、どこか味気のない液体が喉を通過する。アイスコーヒーを注文したつもりはないのだが。

「んー……」

カップを戻して、また唸る。下唇がミミズのようにうねっているのが分かる。

現在、彼女は本来の歴史とやらから逸脱しようとしている。主に俺とレグのせいで。そのまま離れていくと彼女はウィルス感染の第一の犠牲者とならず、そこから掛け違いが始まることで人類は対処が遅れて、滅亡に追いやられると。それを防ぐために蛇は、彼女を変革しようとする俺を排除するため、説得に動いたと。

彼女を直接狙わないのは三年後、病気で死んでもらうためというわけだ。

「……んー……」

人類が滅ぶ、かぁ。それを防ぐ蛇に、促すニワトリ。
その事実だけ比較すると、確かにレグが悪者の側に分類されても不思議じゃない。
歴史には、特に時流には詳しくないが歴史通りに彼女が死ぬことで人類が救われると
いうなら、その道を辿らなければあの蛇も、レグも存在が消失するのではないか。
蛇の方が話は分かる。ニワトリの考えは、さっぱり分からん。
未来人の目指すものはともかく、彼女の生死への意見が分かれているのは理解した。
つまり人類を救うか、彼女を救うかという選択なわけだ。
なんとも壮大だが、分かりやすい話ではあるな。俺の頭でもついていけそうだ。
「んー」
さて。ここからが問題だが、俺はどう動くべきなのか。
どうしても手を引かないなら未来人扮する熊が排除に動くそうだ。
遂に熊が来るのか。最終兵器の感がある熊を動かすあたり、やつらは本気だ。マタ
ギの方々に守ってもらおうにも、いつ来るか分からん熊のために常時雇えるほどの財
力はない。しかし熊と素手で戦えなんて、大山《おおやま》総裁じゃあるまいし無茶を言わないで
ほしい。
「んー」

熊かぁ。前に読んだ小説を思い出す。まぁあれは熊じゃなくて、場所が主題の話なのだけど。あの小説の熊の描写を思い返す。鎌みたいな爪に、のこぎりみたいな牙。日本にグリズリーがいるのか知らないが、『強そう』が目白押しだ。

となると、勇気ある撤退も考慮した方がいいのかね。

「んーむ……」

俺と彼女が死んで、人類が救われるか。

彼女だけ死んで、人類が救われるか。

それとも彼女が生きて、人類に死んでもらうか。

俺という当事者の意見を加味して三択になった。無限の未来が壮大すぎて嘘っぱちであるとするなら、俺が選べるのはこれぐらいの範囲だろう。しかし選べるというだけでも、状況としては稀有《けう》だった。

俺は未来を選べる。だから、迷っている。

「大学入試もそうだったなぁ……」

散々悩んで、今の大学を受けてなんとか合格した。結果としてその選択は俺を今この状況に導き、それが正解かどうかはもう少し先になってから運命が証明するだろう。

アイスになったコーヒーを一気に飲み干し、胃と食道にすっきりしないものを溜め込んでから喫茶店を出た。真っ直ぐ帰り、ニワトリと戯《たわむ》れるのも悪くないが、さて。

歩く街が灰色だ。壁も、空も地面も、まだ一日が始まったばかりなのに色彩を失っている。今日の天気がすぐにも一雨来そうな、厚手の曇り空であることを今知った。そうして日差しが隠れると乱立していた建物まで灰色に染まり、いや、本来の色なんていうものが見えているのかもしれない。それとも、全部が全部灰色っていうことはだ、俺の目が灰色ということも考えられる。そっちの方が、塗り直すのは簡単そうだ。

俺が歩いて進んでいるというより、街が後退しているように感じられる。ねばぁっと、足もとに灰色の溜まりが絡みついているようで、心情をよく表しているなぁと感心する。これは多分、街や人が死に向かっていることに気づいてしまったからだろう。放置された死体が腐るように、世界が徐々に退廃している。俺と彼女がもたらしている終わりは、日々の積み重ねの中に少しずつ混じっていく。そうしてひっくり返す基盤を何食わぬ調子で整えて、どがんと裏返してしまうのだろう。いつだってそうだ。

いつだってそうだ、いつだって……そんな心境だったせいだろうか。

毎日代わり映えがしなかったはずなのに、次第に、彼女との距離は不確かになる。

車道を挟んで、あれは携帯ショップ。俺が契約しに行った店で、一年前は客引き用にミニブタが店頭に繋がれていた。今はいない。ミニじゃなくなってお役ごめんになったのか、まぁそれはいいんだけど、通りには閉店セールの靴屋があって、角には床屋と美容院がセットになったとこがあって、その前を歩くのが彼女と蟇目だった。一目見た途端、どぷりと。首もとまで湖にでも浸ってしまうように、身体が重くなる。ちゃぷちゃぷと幻聴まで聞こえて、頭を上に向けるとつい、声が漏れてしまう。

「あー」

だらしなく漏れる自分の声に、悲壮なものはなかった。のっぺりと、押し潰されたカエルの足がぴらぴら、風に吹かれるような感じだ。どんな感じだよ、と想像して自分で首を傾げてしまう。他にあるもう一つの謎は、押し潰れているものは重しが離れたときにそのままなのか、それとも、反動で飛ぶのか。俺は、どっちだろう。

口を上に向けたまま息継ぎをして、彼女と蟇目を横目で観察する。あいつらはこっちに気づいていないらしく、お手々など繋いでいる。気づいたら離すだろうなぁと彼女の性格から予想し、自動車道を横断して出て行ってやろうかと少し考える。だけど俺のことだからそういうやんちゃを実行した結果、運悪く轢《ひ》かれて死にそうなので、やっぱりやめたとさっくり諦める。代わりに、立ち止まって、じぃっと。見つめる。

蟇目を直接見たのは何ヶ月ぶりだったか。相変わらず包容力、というものがありそうな雰囲気だ。女はそういうのを感じるのだろう、俺からすれば水を吸いすぎたおかゆみてーだな、と思ってしまう。空手関係者のデートなら途中で正拳突き講座でも始めるのかと思ったが、いたって普通に談笑しながら歩いている。つまんねーよお前ら。つまんねー、と毒づくがそれを受ける彼女は微笑み、俺の知らない顔で着飾っていた。少し背伸びして、素の自分を隠している感じだろうか。女の化粧というものは心も含まれる。頬が赤いのを寒さのせいにできるな、と唇が釣り上がる。

彼女の人生を全部覗き見ることはできないなぁと、今更ながらに実感する。俺が自分なりに毎日を生きている時、同じ時間、別の場所で彼女なりの物語がある。昼寝をしている間に世界のどこかで大勢の人間が死に、大勢の人が新たに生まれるように。

颪の強い日、向かいの家に生えたヤシ科の木が大きく揺れているのを思い出す。見えないものが、見えるものを揺るがしていくのだ。

あの隣に本来は田之上がいる予定、本人に言わせれば運命だったらしい。あれが嘘ではなかったとしたら、俺はいつか彼女の側を離れていたのだろうか。いいや、違うなぁとなんとなく否定する。俺は彼女との距離をほとんど変えないまま、死に別れたのだと思う。いつだってそうなんだ、と別の未来の俺の声を聞いた気がした。

だって、未来なんていう大それたものを変えても、俺はこっちの道路にいる。

田之上を退けたら、その代役に選ばれるのが蟇目。多分、蟇目を排しても次にまた、別のやつが彼女とくっつく。そこに俺が這《は》い上がる道は用意されていない。

俺に野球選手の才能がないことの地続きに、それはある。

俺が彼女の隣にいる未来というのは、誰も語らない。

そんなものはどうあがいても、どこにも見つけられないのだろう。

「あー」

永遠の脇役。それが俺に与えられた役割で、未来を変えるニワトリに見出《みいだ》されたもの。肉を食べたいとねだる彼女に野菜の盛り合わせを差し出す姿が重なる。

「あぁぁぁぁぁぁぁあ」

俺ではなく、魂が慟哭《どうこく》する。からからの喉が血を振り絞りながら叫び倒す。沈んでいく膝と共に、精神の泉に頭まで浸かり、溺《おぼ》れていく。情念のゼリーに纏わりつかれた身体が抵抗なく底まで沈んでいった。吐き出すあぶくがぱちん、ぱちんと水面にたどり着く前に割れてしまう。

思考の水が鼻や口だけでなく耳からも入り込み、ささやきかけてくる。

彼女にこだわらなければ、別の道が見えてくるのだろうか。

そもそも熊に殺されたくないし。逃げた方が賢明だな。

尻軽の糞女が。

どれもこれも唸る中で浮かび上がった、本音の一部だった。

ぷつんと。頭の中でなにかが切れる音がして。

途端、息苦しさを痛感する。麻痺していた感覚がぶわぁっと、出血のように噴き出して鋭敏なものとなる。血まみれの感性が悲鳴をあげてのたうちまわり、早く何とかしてくれと救いを叫ぶ。すがるように目玉が泳ぎ、反対の歩道へとすがりつき。

そこで、彼女と目があった。

彼女が様々な驚愕《きょうがく》を含めて、動揺に瞼を震わせる。

そりゃあそうだ。

だけどそうした彼女の反応よりなにより、俺が見ているものは、髪。

なんて美しいんだろうと。その髪に見惚れて、手繰り寄せるように手が動き。

自然、髪を摑むような手つきによって、俺は湖の底から抜け出していた。

歩道に座り込んで、息を整えて。頭痛と鼓動が重奏しているのが終わるのを、静かに待つ。背を丸めて俯いていると、頭の上を自動車が走るように、音が聞こえる。

先に演奏を終えたのは鼓動だった。残る頭痛に顔を歪めつつも、起きる。

九死に一生を得た俺に宿るものは、暗い。暗く、けれど表面はぴかぴかだ。

薄暗く、焦げた匂いを伴う。

それは殺意とも呼ばれる排除の意思だ。

俺は。

何事かと遠巻きに眺めて、薄気味悪いものを見る連中をぐるりと見渡し。

蟇目も彼女も一瞥して。

にやりと笑って。

滅んでもいいと、思った。

「……できるはずだ」

やれるはずだ。

だから俺は走る。全力で来た道を引き返す。

その扉を蹴破るように開けて、やつのもとへ再び向かう。

「おぅえぇ！　なんだ、なんだ！」

飛び跳ねている田之上を通り越して、テーブルの上の蛇に飛びつく。

威嚇するように頭を突き出した蛇と間近で向き合い、中指を立てる。

「やってみろ」

人類を守ってみせろ、と蛇に宣戦布告する。

「お前の言い分を信用したうえで答える。熊でも人類滅亡でも、なんでも来い」

「人類が滅んで彼女が救われるなら、それで十分じゃないか」

両腕を広げて宣言する。田之上が呆気に取られているが、気持ちよく無視した。声まで晴れ晴れと、美しい波紋を描いているのを実感する。

時間の認識が未来人と現代人で違うように、俺とこいつでは人類の認識が異なる。人類と、彼女なのだ。比べれば答えは明白じゃないか。

「なにを、」

蛇が俺に、強張《こわば》った声で問う。

「あなたが死ぬとしても？」

「さようなら、人類」

ばいばいと手を振る。今が人類の衰退期であり滅亡のとき、最後の輝きであるというなら、その輝きのすべてを彼女に捧《ささ》げよう。それが俺の答えだった。

こんな蛇と約束するよりも俺は、彼女との約束を優先していたい。

蛇はとぐろを巻き、舌をちろり、ちろりと出す。俺を小馬鹿にするために。ようやくのこと、蛇は説得相手である俺の本質を理解したらしい。

「あなた、救えない系の馬鹿なんですね」

「そうですよ」

最高の褒め言葉を頂戴して、颯爽《さつそう》と引き返す。自然、唇の端が釣り上がる。

きっと気味の悪い笑みを浮かべたまま、街を、道を行く。

「くっくっくっく、冬眠せずにいられるかな、熊よ」

動物の呪縛は想像以上に強い。レグを見ていればそれがよく分かる。やつが望んでコケコケ言って、楽しんで床を突いていると思うのか。まぁついている方はひょっとしたら楽しみを見出しているかもしれないが、とにかく、抗えないものがあるのだ。それを破棄してまで俺を殺しに来るというなら、徹底的に、戦うまでだ。

帰り道を歩く最中、自然、腕を大きく振っていた。

戻ってきた気がする。彼女と初めて出会い、一目で見惚れてその興奮に躍っていた心が。たったそれだけのことで世界は大きく広がり、その果てまでも歩いていけるような、そんな大きな希望に引っ張られて空を見上げた嬉しさが。彼女に次はいつ会えるのだろうと焦り、悩み、それればかりを考えていたあの恋しさを。

やっと俺はそれを思い出して、道を歩き出したようにさえ感じる。

彼女は、彼女だ。付属やおまけがなんであろうと、彼女の黒い髪は美しい。

彼女が黒い髪だったから、世界は滅ぶ。そんな理由でいいじゃないか。

俺の一番納得できる理由だった。それだけはどんな未来でもきっと、変わらない。

飛散していた愛が舞い戻り、集ってくるようだった。

それを受け止めるように、水平に腕を、翼を広げる。

「俺は間違っていなかった。見る目があるからこその一目惚れだったんだ」

惚れた女は人類すべての命と天秤にかけられるほどの相手だった。

その事実が俺をどこまでも高揚させていく。

最高に爽快だった。

「ただ、たぁだぁ、あーしたへとぱーどぅりーんぐ、と」

やがて冬が終わり、春が訪れるだろう。

そのときこそ色とりどりの花が我先にと、地上に芽を吹くのだ。

四章『　の小規模な自殺』

早春、『クマニュアル』を読み耽《ふけ》る。

日本に生息する熊は二種類。ツキノワグマとヒグマで、本州にいるのはツキノワグマとなる。もっとも未来人が律儀に生息区域を守ってくれるかは未知数だ。日本生息にこだわらないならあと六種類ほど増えるが、分かるのはどれと対峙しても恐怖で射すくめられて、経験もなしに勝負なんかできるはずがないということだった。

ツキノワグマは小さいというが、それでも不可能だろう。

殴られれば首から上が吹っ飛ぶか、顔面を半分ぐらい、その太い爪に削られることだろう。戦うことを前提に考えてはいけない相手だ。

光明があるとすれば、相手が『人間』であること。熊ではなく人間として物事を判断してくる、という一点。人間が熊に勝る判断力を有するとは限らない。こと、獲物を追い詰めるという点で比較すれば、特に。知性はときに余計な情報を生むものだ。

野生の熊は火を恐れないが、人間の熊というものはどうだろう。俺なら、ライターぐらいの小さな火ならともかく、ごうごうと燃えていれば飛び込むのは恐ろしい。

とはいえ問題は山積みだ。この二ヶ月、熊に関する文献や情報を調べ漁ったが銃器を用いずに熊を倒した話はどれもこれも参考にならない。鎌を振り回して追い返したとか、真似しろと言われてもできるはずがない。他には、ボクシングの世界チャンピオンが熊の眉間《みけん》をぶん殴って気絶させた話は面白かった。いや、あの話の当時はまだ世界チャンプじゃなかっただろうか。漫画の話である。

手書きのノートを板書写し以外で作成したのは、小学生のとき以来だ。熊の記事を切り抜いてべたべたに張ってあるお陰でノートの厚みが倍以上になっている。読んでいると指が黒鉛や記事の印刷で擦れて汚れるのがどこか懐かしい。

結局のところ、熊を撃退する方法を個人で実践するのは不可能に近い。

猟銃《りょうじゅう》の免許を取得できないかと調べてみたが、実際に銃を所持するために三、四ヶ月はかかるということだったので、間に合わないとして諦めた。次に大学内でそうした趣味を持っている連中はいないかと探し回ってみたが、いることにはいた。しかし事情を説明できないことに気づく。熊が襲ってくるので助けてくださいと、どうやって納得させられるように説明すればいいのか。誰の助けも借りられなかった。

戦いは常に孤独だ。犬も馬も、自力で対処するしかなかった。

それもこれもニワトリとしてやってきたやつが悪い。同じ鳥類でも他に攻撃性のあるやつでやってきてくれるぐらいの気遣いは欲しかった。

熊を撃退できても、二年四ヶ月後まで安心できない。更に言えばその二年四ヶ月後を迎えれば、蛇の話が正しければ彼女の周辺にいる者はウィルス感染で皆殺し、つまり俺も巻き込まれて終わりだ。終わりに向けて抗っている。なんとも、他人からすれば不毛だろう。

俺も最近は若干後悔している。この二ヶ月、動物の襲撃はない。蛇の脅しがハッタリであることを祈りながら日々を過ごしているが、安心は春のように遠かった。

少しでも暖を取ろうと日差しの入り込む窓際に座り込んでいるが、肌を摘んでくるような強い日を浴びているのに暖かいとは思えない。レグを傍《かたわ》らに座らせながら、柔らかい羽と共に毛布に包まれる。鳥臭さは寒気に紛れて、鼻まで届かない。

三月も半ばに入りながら、未だ冬は続いている。とりわけ、今日は寒い。

鼻をすすり、ノートを閉じる。

熊に立ち向かうと宣言した、あの日のことが蘇る。

『俺は人類を滅ぼすことにしたぞ！』

冬の日、田之上のマンションから帰って扉を開けた直後にそう叫んだ。部屋の中で専用の毛布にくるまって温まっていたレグが、びくりとトサカを震わせる。

『近隣の方にアレだと思われるから、そういうのは控えた方がいいんじゃないか』

理性的なニワトリに苦言を呈される。『分かってる』と靴を脱いで部屋に上がり、レグの前に座り込む。レグも毛布の中からのそのそと出てきて、羽が引っかかって時間はかかったが、姿勢を正す。冬場で空気が乾いているせいで、鳥臭さは薄れている。

『大体の話は聞いてきた。彼女が死ぬ理由とか、殺そうとする連中の言い分もだ』

お前が話してくれれば出かける手間も省けた、と言外に嫌みを付け加える。

勿論、そんなものを意に介して萎縮するようなニワトリではない。

『そうか。お喋りな未来人だな、免許剝奪《はくだつ》されても知らないぞ』

『剝奪されたらどうなるんだ？　帰れないのか？』

『当然だろう。ちなみに僕はゴールド当確だ。優秀だからな』

なにもしていないうえに、なにも話さないからな。

自動車に一度も乗らないで無事故無違反、という感じだ。

『大して隠すようなことなかったじゃないか』

『いや、けっこうあったはずなんだが……』

レグがクチバシを俯かせて困惑を見せる。あったか?

『きみ、自分が死ぬこと分かっているかい? いやそれだけじゃない、家族もだぞ』

ぐむ、と頬杖を突いて口ごもる。両親については申し訳ない気になる。

なるのだが。そっぽを向きながら、口を開く。

『……うちの祖父《じい》さんは、火事に遭ったとき妻より絵画を抱えて逃げたらしい』

『む?』

『価値観なんて人それぞれってことだ』

もっともその後、追いかけてきた祖母《ばあ》さんにしこたま殴られてそれ以降、一切頭が上がらなくなったという。話を聞いたレグが、『ふむ』と澄ました声をあげる。

『きみを選んだ甲斐《かい》があるというものだ。きみの決断は狂いながらも真っ直ぐだ』

『失礼な。愛に一筋な俺のどこが狂っている』

『そういうところだ』

話が平行線を辿りそうなので、無視して進めた。

『それで、向こうにいた未来人……蛇だったが、そいつに熊が、』

『蛇?』

レグが押さえきれないとばかりに大声で反応する。熊ではなく、蛇の方に。

『そうか、蛇か。はっ、はは、はははははっ、は』
腹を抱えるようにして大笑いまでこぼす。未来人の笑いのツボが分からん。
レグが感情をそこまで剝き出しにするのは、これが初めてだろう。
『知り合いか？　友達ってことはあるめぇ』
『いや。大体分かったことがあってね』
『なんだなんだ』
『まだ秘密だ。これはいずれ話そう』
こいつ、そればっかりだな。だが後で話すと約束したのは珍しい。
恐らく全部が終わったときになるだろうから一体、いつの話になるやら。
『それにしても態か。いかんともしがたい相手だな』
『お前にはなにも期待してないよ』
『そういう心構えで頼む。なにしろ僕はニワトーリだからな』
ばさばさー、とレグがおどけるように羽をばたつかせる。
『結構気に入っているみたいだな、ニワトリ姿』
皮肉混じりに指摘してやると、レグが羽を下ろす。
すぐに軽口でも返ってくると思っていたら、案外、しっとりした返事が届いた。

『僕らはな、醜いんだ』

レグが自身の広げた羽を見つめながら、自虐《じぎゃく》する。

『人の形というやつを、この世界で最初に見たときは内心驚いた。こんなにも、真っ当な形《なり》をしていたんだと感動したし、失望もしたよ。失望は僕らにな。荒廃した環境で滞《とどこお》りなく生きるために、人間の姿は徐々に変化していった。間違っても進化ではないよ、押し潰されて、ぴたーっと、伸びた端っこが震えて形を変えただけさ』

そんな話を聞いて思い浮かべるのは、異形の化け物。どろどろねばねばで、びちゃんびちゃん。そいつらが知性の溢れる言葉を使っている姿は想像しづらい。

まだ、ニワトリが喋っている方が納得できた。

『だがそれでも、僕たちには生きる理由も、意味もある』

そう呟くレグが、曲げていた翼を羽ばたかせて、純白の羽を散らす。

『できることなら、この姿で戻りたいぐらいだ』

飛べない翼が静かに透けて、光り輝いた。

そして、今に至る。思い出が流星のように空を行き、地に落ちて。

重たかった瞼が、音もなく開く。景色が花開くように彩りと輪郭で着飾り、ほぅ、と柔らかい吐息が感激を端的に表す。そして鳥のさえずりのように鳴るものに導かれて、段々と自重というものを理解していく。それをずっと忘れていられれば、夢の中のように、人は空を飛べるような気がした。

などと綺麗ごとで修飾しているが、ようはうたた寝していたら電話がかかってきて、仕方なく起きただけだ。毛布から這い出て充電器の刺さった電話を取る。彼女だろうかと確認すると、かけてきたのは蟇目だった。

舌打ちをこぼしつつも電話に出る。蟇目には先月、少々世話になったので無下にするわけにもいかなかった。やつの持っていた中古車を安く売ってもらったのだ。安いと言っても分割払いで、支払うためにバイトも始めたのだが。

「はい」

『やぁやぁ。えーと岬、太郎君』

「シローです」

軽薄な声がわざと言い間違えていることを察しながら、敢えて訂正を求める。

俺の親父は画家じゃない。

『俺の車、乗り心地どう？』

「えぇまぁ。いいッスよ」

一度試運転としてスーパーまでドライブしただけだが。しかもそのときに助手席に乗っていたのはニワトリだ。やついわく、『原始的な』車というものに一度乗ってみたかったらしい。勿論、シートベルトは無理だった。翼をガムテープで貼り付けるという案を出してやったが激怒と共に却下された。乗ったら乗ったで乗り心地の悪さにも文句言っていたし、わがままなやつだ。

『そうかぁ。ちゃんと動くならいいんだけどね』

「大丈夫ですよ、多分」

あと一度だけ走ったらお役ごめんだから。

『でもいい機会だったよ。藍ちゃんが乗り心地悪いって文句言うからさ、思い切って新しいのを買おうかと考えていたところだったし』

「へぇ……そうですか」

心への引っかき傷を最小限にとどめるよう努める。そして、電話を切った。

電話の角を人差し指の腹に載せてバランスを取りながら、心配する。

「彼女が生き残ったら、ちゃんと蟇目も死ぬかなぁ」

それもまた大事なことだった。レグが頭を上げて首を振り、こちらを向く。「死ぬだろう」と短く答えて、またすぐに羽を休める。ろくに羽など使っていないのに休みたがりめ。

未来人のお墨付きなら安心できる。しかし生き残るといっても、彼女も結局はそのウィルスの被害に遭って、いずれ死ぬことになるのだろう。少しばかり寿命と苦しみを引き延ばすためだけに、人類を道連れにするというのが俺の選択か。

我ながらほんのりクレイジーな気もする。しかし人類というと壮大に聞こえるが、じゃあその人類が一体、個人にとってどれほど大きいものなのか？　という話になる。

俺が目を閉じている間、俺にとって地球は消える。

俺が死ねば、俺にとっての人類や星はそこでお終いだ。

星や宇宙を消すなんてことは、個人の観点からすれば非常にたやすいことだった。

だから地球とか人類を大きく考える必要はない。そして大きくないのなら彼女と見比べて、一々答えに疑問を抱く意味もなかった。だって彼女の胸は大きいもの。

それは星の寿命を縮めることよりも覆しがたい、確かなことだった。

「我が心と行動に一点の曇りなし」

「すべてが『正義』だ」

現代かぶれの未来ニワトリが言葉を引き継ぐ。格好つけているんだから取るなよ。

しかもいつの間にか、人の本棚の漫画を読破している。

憮然《ぶぜん》とした思いを抱きながら、床を押して立ち上がる。レグが声をかけてきた。

「大学にでも行くのか？」

「まだ春休みだよ。スーパーに買い出し」

熊の襲撃も怖いが、腹が減ったまま死にたくはない。あの世に逝っても飢えそうだ。

「では僕も行こう」

「なんで？　まぁいいけどさ」

レグを抱えて持ち上げて、頭の上に載せる。無論、意味はないがなんとなくお互いに落ち着く。俺は帽子の代わりとでも思っているし、レグの方は巣とでも考えているだろう。ふさふさした羽と肌に若干食い込む爪を感じながら、アパートを出た。

古くさい階段や外の歩道を踏みしめる度、寒気がぱりぱりと靴の裏で割れるように感じる。白い吐息はよく見ると隙間も多くて、なるほど、駅とか、大学とかどれだけ人が集ってたくさんの息を吐いても、地上に雲ができないんだなぁというのが分かる。

熊はこんな日でも寒くないのかな、とふと気になった。

「改めて、これは興味本位で聞いてみるが。きみは、死ぬことが怖くないのか？」

頭の上のニワトリがよく分からないことを聞いてくる。

「藪《やぶ》から棒に聞くなよ、怖いに決まってるだろ」

だから殺されないために、熊の情報とかを調べているんじゃないか。

「きみを見ていると、とてもそう感じない」

「そりゃお前、俺が勇気に溢れたやつだからだな」

「狂気なら感じるが」

このニワトリは俺に一々反論しないと気が済まないのか。

「きみ、このままだと自分が死ぬということは分かっているだろう？」

「分かっているよ」

「怖いかい？」

「怖いさ」

「ではなぜ引かない？」

「さっき言ったとおり、それが正義だからだ」

運命だから、と答えるかどうか少し迷い、正義を選んだ。

運命は道で、正義は地図だ。整備された道を称《たた》えるのではなく、自分でここまで生き方を切り開いてきた地図を尊重したい。その信頼こそが恐怖に勝る鍵となるのだ。

「少し考えてみたが、答えになっていないと思うぞ」

「いいんだよ、大事なことは納得できるかどうかだ」

少なくとも俺は納得している。自分が死ぬことと、彼女が生きることに。

お前だって納得しているからここにいるんだろう？　と羽を撫でる。

その意図が伝わったか定かじゃないが、レグが身体をより沈み込ませる。

「まぁ、きみの命だからな。好きにすればいいのだが」

「そうだろう？　じゃあ聞くなよ」

「あともう一つ不思議なんだが、きみはどういう経路で復活するんだ？」

質問の意味が摑めず、頭と連動して羽がもさもさ動く。

「勝手に殺すな。コンティニューなんかしてねぇぞ」

「精神の疑問だよ。きみはなんというか、精神的に追いやられて腐りそうになった後、なぜか少し待っていると急に壊れたように跳ね上がって元に戻る印象がある。どういう精神構造ならそんなことが起きるのだろうと、ずっと不思議だった」

「ええ、そうかぁ？」

俺だって落ち込むことはあるし、怒りだって覚える。……けど振り返ってみると大体ハッピッピーなので、脳内麻薬が年中溢れかえっている可能性も否《いな》めない。

自分のことを客観的に分析するのは難しいが、なんとか推測してみる。

うんうんと唸って、吐息の白さも気にならなくなるほど考えて。

「単純……なんじゃないか？」

出た結論はこれだった。精神がこう、真っ直ぐ横に伸びているだけとか。

普通の人間が上下で構成されていて浮き沈みのどちらにもある程度の抵抗があるのに対して、俺みたいなやつは真っ平らなので、浮き沈みがない。右に行けばいい気分で、左に行けば嫌な気分。非常にたやすく移ろう。ようするに躁鬱《そううつ》激しくて不安定なのだ。なんだか段々、自分が疑わしくなってきた。

そうした自己評価に対するレグの反応は「あぁ早く帰りたい」だった。脈絡がないようで、しかし妙に納得いく一言だ。そこに「でも怖いなぁ」と続ける。

「なにが？」

「時間旅行は帰るときが一番怖いんだ」

レグが胃に張りついた異物を吐き出すように、苦々しく呟く。

「事故でも起きやすいのか？」

「まぁ色々ある。所詮僕らも人間だからな」

いやお前はニワトリだ。定番の一言だが、既に指摘するのも面倒だった。

「タイムトラベルってどういう風に生まれたんだ？　ああ、技術とかの話じゃなくてな、どんな願いから生んだのか、聞いてみたかったんだ」

　過去に戻ってくる連中が希望なんて抱いてくることは、まずないだろうからそこにあるのはきっと、後悔だろう。その後悔がどんな形であったかを、知ってみたかった。

「答えられないな。僕らが基礎を生んだわけではないから」

「うん？」

「なんでもかつて、タイムトラベルの基礎理論が描かれた一枚のメモ用紙が、別次元より時空漂流を経て僕らの世界にやってきた……という話なのだが僕は開発に関わった科学者じゃないから、なんとも言えないな。僕らからしても遠い昔の話なのでどうも胡散臭い逸話なのだが、マッ・ドゥーラ博士とサ・ムーン博士という名前がメモ用紙に記されていて、科学の教科書にも記載されている」

　免許を取るときの試験にも出たよ、とレグが懐かしむように話す。

　外国人なんだか日本人なんだか中途半端な名前だが、それが未来人の流行だろうか。頭の上のこいつが名乗った名前の出所は、この間気づいた。ニワトリだからだ。

「しかしそうなると、お前らって棚ぼたでタイムマシンを完成させたのか」

「たなぼた？」

　レグが聞き返してくる。古語の勉強がまだ甘いみたいだな。

「偶然できたってこと」

「あぁ……そういう。そうなるな」

「でもその偶然で彼女の命を延ばせるなら、それは運命……」

話の途中で、緩やかな坂の上に見えた人影へと目をやる。坂の向こうからやってくるのは田之上だった。俺より後にあちらも気づいたらしく、酷く動揺したように足が止まり、一歩後ずさる。しかしその後、平静を保つように何事もなく歩き出した。

傍らに熊を従えている様子もないし、警戒はさほどしなくてもいいだろう。

「よう、元気？」

声の届く距離まで歩み寄ったところで、先制とばかりに挨拶する。「まぁまぁ」と無難な受け答えをする田之上の目が、俺の頭上のニワトリに向く。正体にはすぐ気づいたらしく、目に険しいものが混じった。

「それが、きみの所にいる？」

「あぁこいつ？　こっちは普通のペット」

大嘘をついてみたが、効果はなさそうだ。コケーと、レグが鳴く。

「ニワトリか……俺もそっちの方がよかったかな。卵代浮くし」

「こいつは雄だよ」

「あぁそっか……じゃあ、まぁ、いらないか」

田之上が少し気まずそうに言葉を交わして、そそくさと去ろうとする。

すれ違って三歩目のところで、田之上にもう一度声をかけた。

「なぁ。お前とくっつくと彼女が死ぬって知ってた？」

なんてことのない話のように、不意打ちで振ってみる。

レグがなにか言って邪魔する前に、田之上に聞いてみたかった。

振り向いた田之上は僅かに目の輪郭を広げるものの、その瞳に動揺の波紋はない。

「ああ」

「あれ、知ってるんだ」

「おおよそは察していた。なかなか話してくれないから、確証はなかったけどね」

お互いに立ち止まり、振り向いたまま対峙する。田之上は耳にかからない程度に短く髪を揃えているのだが、その少ない前髪が硬そうだな、と見ていて思った。

「知っていて、あの連中に荷担《かたん》するのか」

「だって、どっちみち彼女は死んでしまうんだよ」

田之上がことをなげに言いきる。

「それなら俺は、彼女との運命を信じて結ばれる未来を選ぶだけさ」

「……お前が得すると感じるのは、そっちなのか？」

彼女の寿命を延ばすより、自分の幸せを優先するということだ。ついでに、自分の命も救われるわけで、確かに考えてみると田之上からすればいいことずくめだ。

「そういうことだよ。そしてそれがなにより正しいからね。時間は短いかもしれないけれど、幸せって年数じゃないだろう？　俺と彼女は最高の二年間を過ごして、そして死別する。それ以上に素敵な終わり方は、ちょっとないよ」

田之上が朗《ほが》らかに笑う。そこで笑えるのか、とこちらも微笑む。

冗談めかしておかしいと評していたが、なるほど合理的に狂っているんだな。

「じゃあなー」とまるで友達同士のように手を振って別れる。しかしそうやって振っている間にも、やっぱり、彼女をあいつとくっつかせて死なせるわけにいかんなぁと決意を固める。田之上の幸せが、彼女の人生の主体となってはいけないのだ。

「あれが普通の考え方だ。こう比較するとやはり異常だな、きみは」

レグが嫌みなのかなんなのか、また指摘してくる。田之上が普通とは到底思えないが、あいつと話し方が似ている。つまり、なんかちょっと癇《かん》に障る。

これだけは長々一緒に暮らして愛着が湧こうとも慣れることはない。

「お前、実は本当に俺や……後は田之上とかの子孫じゃないだろうな」

こういうやつは大抵、終盤になって実は○○の血縁だった、がお約束だ。見えないけど。

しかしレグはあっさりと首を横に振った。多分、振動でそう思う。

「朗報だ、それは絶対にない」

「誰にとっての朗報？」

「僕に決まっているだろう。きみたちみたいなのが先祖だったら嫌だ」

レグが好き勝手に言ってくれる。しかし気持ちは分からんでもない。

少なくとも田之上は嫌だ。そして田之上も、俺みたいなのは嫌だろう。

「時間旅行者は自分のご先祖様には会ってはいけないことになっている。いらぬことをしでかす可能性がある以上、私利私欲の接触は控えるべきというのが時間旅行の鉄則だ。仮に自分の先祖に問題があったなら別の誰かにやってもらうさ」

「ふぅん……そうだよな。バックがトゥザでフューチャーするのは大変だから」

そういう問題は俺たちと無縁だ。俺が戦う相手は、愛と熊だ。

もっとも、熊以外の動物にも当然、気を配っている。特に以前に逃げた犬。

あれっきり姿も見せないが、無事に生きているだろうか。今のご時世、野良犬が街の片隅に生きることは難しいものだ。保健所に回収されてしまえば終わりだし。

スーパーの駐車場に到着してから、レグが翼を羽ばたかせてホバリングしながらひとりで下りる。着地位置が電線の下だったため、「鳥糞汚い」とレグが自販機の側で踊る。忙しそうな足取りを見ていて、そういえばずっと言い忘れていることがあるなぁとまた思い出す。それを今日こそ言っておいてやるかと思ったところで、電話が鳴って邪魔をする。なんか、いつもこうだな。

運命を可視している気分を味わいながら、電話に出る。相手は彼女だった。

『どこ行ってんの？』

もしもしも抜きに所在を尋ねられた。

「スーパー。買い物だけど、なに？」

『家にいるけど、あんたもニワトリもいないから』

「あれ？　空手のお稽古は？」

俺はてっきり、先ほどの電話の最中も墓目の横で尻でも撫でられているかと思っていた。『うぃー、さみー』と俺に聞かせる必要のない一言を挟みながら、彼女が言う。

『潰れた』

「はぁ？」

『行ったら道場が潰れていたの』

淡々とした報告を受けて、コメントに窮する。なにを言えばいいのだろう。

「門下生少なそうだったもんな」

世間って厳しい。

『そういうのじゃなくて、物理的に道場が潰れていた』

「……え？」

『ぐしゃーっと』

「昨日、地震とかあった？」

『なかったと思う』

世間って不思議。

『でも爪痕があったらしいよ』

「つめ、あと？」

どきりとする。遂に冬眠から目覚めて動き出したのだろうか。彼女の未来を変える要因を一つずつ潰していくつもりかもしれない。あの道場は街から離れていたし、夜なら比較的、人目につかないで済むだろう。熊の毛並みの色だと、闇に紛れるのは簡単だ。俺だけ殺したところで彼女が元の不健康には戻らないだろうし。

いやはや、未来を変えるというのも大変なものだ。

『というわけで取り敢えず帰ってきた』

「ふーん、了解。別の道場探す？」

『どうしようかなーって考えているところ』

「あー違った。いやもう是非やろう、そうしよう」

彼女の顔色を元通りにさせるわけにはいかないのだった。

『なんであんたの方が乗り気なの？　……変なの』

彼女が少し笑ったようだった。通い慣れた道場が潰れて少しは落ち込んでいたのだろうか。そうした僅かな心の弱さを感じ取り、ここは軽口でも叩いてやろうと動く。

「蟇目とは別に外で会えるだろ、ははは！」

彼女の懸念を読んで先回りしてやる。

すると、彼女の声が電話から少し離れたように感じた。

こっちが近づこうにも、電話がべったりくっつくだけで解決しない。

「うん？」

『う、うううう』

彼女がいきなり唸り出す。動物的な鳴き声で、びくりと飛び跳ねる。

剝き出しにした彼女の牙が透けて見えるようだった。

「な、なに？」

『だから、そういうの、うぅううう』

頭でも掻きむしるような雰囲気で唸り続ける。もの凄《すご》い苦悩が伝わってくるのだが、その源泉には見当もつかない。俺の部屋でなにかあったのだろうか。もしかして、熊か。いや熊を見て苦悩というのも分かるが、そういう問題との直面でもなさそうだ。

『いいや。じゃあ早く帰ってきて、ご飯』

しかもあっさりと切り替わって、なにも引きずっていないようだった。

さすがの俺もその移り変わりにはついていけない。

「お、おぅ。ちょいとお待ちを」

怯えつつ電話を切る。彼女も大概おかしくなっているが、大丈夫だろうか。

それとレグになにか言おうとしたんだけど、思い出せない。つまり大したことではないし忘れてしまっていいだろうと放って、スーパーを駆け足で巡るべく走り出す。

彼女の唸り具合は、あれお腹が空いているんじゃないだろうか。そう考えて、待たせるわけにはいかないと棚を大急ぎで巡る。未来人の話が正しいのなら人類の寿命は僅かだというのに、生き急ぐのも勿体《もったい》ない話だろうか。いやそんなことはない、とすぐに反論する。むしろ一秒を長く感じるためには俺が加速しなければいけないのではないだろうか。そう、秒針を置き去りにするほど急げば、時間は長大なものとなる。

それだな！　と力強く確信する。

絶対間違っていた。

そしてこの話の続きはそれから、一週間後に訪れる。


「読んだ漫画はちゃんと棚に戻せ」

床に積まれて放ってある漫画を整頓《せいとん》して戻しながら、同居人に愚痴る。

「ニワトリに繊細な作業を要求することに空《むな》しさを感じないかね？」

昼の日差しを浴びて動かないレグが、太々《ふてぶて》しくも反論してくる。

更に文句を言いかけたところで玄関の扉が開く。くわ、と片足を上げて驚いているんだか身構えているんだか分からない体勢でその相手を出迎える。

熊さんが玄関をちゃんと開けて入ってくるとは考えていなかったが、万が一ということもある。熊だったらレグと共に窓から逃げるつもりだったが、光に包まれて入ってきたのは『クマ』だった。そういえば彼女もそうだよなぁと今更気づく。

「とぅあどいまー」

「おけえりー」

どこから帰ってきたのだろう、という疑問は胸に留めておく。

彼女が玄関に座り込み、バッグを放り出す。伸びをしてから、彼女が首を後ろに折り、こちらを向く。髪がばさぁと真下へ流れて、上等な昆布の表面みたいに見えた。彼女が微細に身体を動かす度、髪が揺れて形を変えて、様々な光沢を俺に見せてくる。最高の鑑賞物だった。

俺が猟奇殺人鬼だったら彼女の首だけを丁寧に切り、頭を棚に飾るだろう。だが俺は正常なので、そんなことは想像するだけで実行に移さない。

異常を排除したがるのは人の常だからな、生きづらくなっちゃうぜ。

それは人だけでなく、動物にも及ぶ思想だ。熊や蛇なんて、表立っては街中を動きづらいだろうし。……そいつらが、どう来る？

やつら未来人はなにかに紛れてやってくる。動物の姿で街中を歩けば目を引き、異質なものとして排除しようと様々な人間が動くことになるからだ。

犬は街に紛れる。馬は人に紛れる。では熊は、なにに紛れてやってくる？

ずっと考えているのだが、これが分からない。熊が違和感なく街を練り歩き、俺のもとまでやってくることはできるのだろうか。夜間というのも考えたが空手道場とは異なり、ここは夜でも人の往来がある。大手を振って、とはいかないはずだ。

熊の集団が車に代わって道路を疾走している、そんな場面を想像していると靴を脱いだ彼女が上がってくる。部屋の中を見回してから、俺に目をやる。

「東治来てなかった？」

「とーじ？　田之上か。来てないけど」

最後に会ったのは一週間前で、それっきり姿を見ていない。

「アパートの前で会ったから、用事かなと思っただけ」

座りながら、「それだけ」と彼女が話にピリオドを打つ。

田之上が？　……あまり気持ちのいいものじゃないな。あいつの陰には蛇が潜んでいる。なにかの下調べか準備ではないかと疑ってしまう。敷地内にほぼ無断駐車となっている俺の車は無事だろうか。なにしろあいつが熊対策の生命線だからな。

座ってレグをつついている彼女を横目で観察する。なんの異常もない。今日もいつも通りの彼女みたいだ。一週間前に慌てて帰ったときも彼女はけろりとした顔で、あの異様な様子の片鱗《へんりん》も覗かせなかった。あれは一体なんだったのだろう。

レグがコケコケと、彼女の手が届かない場所まで走って逃げる。彼女はそれを追いかけることなく手を引っ込めて、頬杖を突き、珍しく背筋を丸くした。

前傾姿勢のまま、俺にじっとりとした目を向けてくる。

「あんたってさぁ、私の髪が好きなんだよね」

唐突に聞かれて、なんだそれはと思う。が、思い直す。

そんな話を去年、どこかでしたような覚えがあったからだ。

「うんそう」

「あーそう」

彼女が無愛想に反応する。どうも不機嫌なようだが、なぜだろう。

「そういうのがあってさぁ、髪は、触らせてないんだよね」

髪？　触る？　なんの話を始めているのかと、なかなかついていくことができない。

「美容師に？」

「ちーがーう」

ぎらぎらと、彼女の大きな目が血走る。そして素早く、腕が伸びてきた。

「おぉおうおうおぅ」

肩を摑んで激しく揺さぶられる。そして彼女が檄《げき》を飛ばしてくる。

「あんた！　あんたはねぇ！」

彼女がそこまで声を荒らげるのも滅多にない。振り回されるついでに驚き、目と心が「あぅあぅ」とかき回される。彼女がぐぬぬと歯がゆそうな表情で、俺に言う。

「あんたは一体、いつになったら格好良くなるの」

俺に聞かれても、と言いたくなることの筆頭だった。

なれるならとうになっている。

「それはおいおい様子を見て、」

「三日以内になりなさい」

無茶なことを言い出す。彼女がもどかしそうに、手をぱたぱた振った。

「私は、あー、だから……なんの話がしたいのかな。とにかく、焦れったいわけよ」

「焦れったい？」

「あんたとどういう関係であるとか、そういうのが、中途半端な感じがして」

彼女がそっぽを向きながら、ぶつぶつと取り留めなく心境を語る。

俺と彼女の関係？　そりゃあ、えぇと……確かに言い表しづらい。そうしたところにもどかしさを感じるのは、当然の流れかもしれなかった。それに加えて、格好良くなったとか、なんとか。そんな話を聞いていて、思うところがあった。

俺が格好良くなったら、言おうとしていたことがかつてあったはずだ。

後回しに、ずっと置いているそれを彼女は今になって要求している？

……それは、つまり。

「求愛行動しろってこと？」

そしてそれを催促する彼女は繁殖期。探せば創作物（エロ方面含む）のタイトルにありそうだった。「直球すぎる」と彼女が恥じたように俺の頭を叩いてから、目を車輪のように回す。

「でも、ほら。蟇目とか、いるしさ」

具体的な部分をぼかしつつ、あいつの名前をあげる。

彼女はそこに苦いものを感じるように、下唇を尖らせて。目を逸らす。

「蟇目さんと会う前に、あんたに会ったのよ。だったら、」

彼女がなにかを言いかける、その最中だった。

尻が浮くような大きな衝撃と騒音が、部屋を揺らした。

窓ガラスがびりびりと震える中、俺の背筋が凍りつく。

音と衝撃は表の道路からだ。なんだなんだと、彼女と一緒に玄関へ向かい、靴も中途半端に踵を踏みながら履いて外へ出てみる。通路の欄干《らんかん》に寄りかかりながら道路を見下ろすと音の原因と、そこから生まれるものに、顔が引きつった。

傍《はた》から見れば、笑っているように見えたかもしれない。

「なるほど、『事故』に紛れてか」

道路の、アパートの前で交通事故が発生していた。中型のトラックと乗用車が衝突している。乗用車の方は前面が潰れて、中の人間が助かっているかどうか定かではない。一方のトラックは斜めに衝突したらしく、ライトが割れて破片が散乱している。

その自動車事故の現場より這い出てくるのが、熊だった。動物を他所へ輸送している最中の事故、を装うつもりなのか、トラックの後方から扉をこじ開けてその姿を覗かせる。胸に角度の緩いVの字の模様。あれは、ツキノワグマだ。

「うわ、熊だ」

隣で眺めていた彼女が呆然と呟く。こっちは気を抜くと頭が真っ白になりそうなほど戦慄《せんりつ》しているが、彼女の感想は未だ他人事めいている。あの熊が今から階段を駆け上がってきて襲いかかってくるなんて、夢にも思っていない態度だ。

それが普通なのだ。よりによってその彼女が一緒にいるときにやってくるとは。慌てて彼女と部屋に戻るか、ここでその動向をもう少し観察するか迷い、結果、足が動かない。その間にもトラックから完全に脱出した熊が、こちらを、見上げる。

熊と目があって、蛇と対峙したとき以上に血が凍る。ぴきぱきと、血管を駆け巡る血の凍結の音が聞こえる。ツキノワグマ。若干前屈みで分かりづらいが体長は一メートル七十、俺よりわずかに下だろうか。鎌というほど爪は雄々しくなく、牙も小さい。

しかしその厚みと質量には抗う余裕なく気圧されて、胃が縮み上がる。

熊が、動き出す。全力で獲物を狩るように、アパートの敷地へ突撃してくる。それを見た瞬間、彼女の手を引いて部屋の中へ逃げ込んだ。最悪、窓から飛んで逃げればいい。とにかく本能から熊との距離を少しでも広げたくて、背を向けた。

部屋の中へ靴を蹴飛ばすようにしながら戻ると、先ほどまでいたレグがどこにも見えない。あの野郎、不穏な空気を感じて押入れにでも隠れたな。余計な気を回さないで済むので、隠れてくれていた方がありがたかった。

車の鍵を拾い上げて、玄関を睨む。窓の鍵を開けて、いつでも飛べるように覚悟を決める。だがそれを嘲笑うように、再びの衝撃が部屋を襲った。今度は、アパートが直接揺れていた。地震が起きたように足もとがおぼつかなくなる。彼女も共に揺れて転びそうになり、肩を支える。

続けてやってくるのはがっすん、がっすんと。壁になにかが打ち付けられて、そして上ってくる音だ。

「なに？　なになになに？」

彼女と俺の戸惑いがシンクロする。脳にどんどん、黒い不安が膿《うみ》のように溜まる。

そこで、ふと。

毛布の側に置いた『クマニュアル』の一文が思い浮かぶ。

ツキノワグマは、木登りが得意。

そのデータに導かれて窓の方へと振り返った瞬間、夜が訪れる。景色を埋め尽くす焦げ茶色が派手に窓ガラスをぶち破った。飛び込んできた熊に縮み上がり、足の指先が独立して震え上がった。彼女も「ほんぎゃおぉおえぇ！」と体裁など取り繕っていられない叫び声をあげて仰け反る。

ガラスに塗《まみ》れて転がる熊が部屋の中央から玄関近くまで移動して、そこでのっそりと起き上がる。それだけで失禁しそうだった。熊が上手に転がってしまって玄関を塞がれたので、窓から逃げるしかない、と背後を窺う。しかしそんな隙を与えてくれるだろうか。その上、ガラスが中途半端に破れたことで残った部分に尖った切っ先が大量にできあがっている。気軽に飛び出せるような形ではなく、してやられた。

さすがに、相手も知恵がある。動物の本能に成り代わり、地上に繁殖するための武器がその頭にはある。人類を、知恵という武器を持った悪魔の猿と評したのはどこのどなた様だったか。知恵を手にした熊は正にただの悪魔だった。

購入した唐辛子入りのスプレーを握りしめるが、こいつが届く距離まで接近できるかどうか。熊の腕は足よりずっと短いが、それでも懐《ふところ》に容易に入り込めるようなものじゃない。命を懸ける必要がある。懸けても、俺にどれほどのことができるか。

にじり寄る熊がそのいかつい目線で、俺に問う。

最終通告だろう、引く気はないかと聞かれた気がした。

未来人は理性的な方々ばかりで、お気遣い痛み入る。

だからそれに対して俺はスプレー缶を掲げて、蟹《かに》のように手を広げて。

「やーいやーい、ばーかばーか」

小学生級の悪口で、いきがった。

『死にたくない』が喉で張り裂けんばかりに自己主張しているのを、抑えるために。

熊が動く。前傾姿勢で、こちらへ。重く、強く、そして速く。

そしてその動きに合わせるように。

彼女が、動いた。

熊すら一瞬、その予想外の行動に動きを止める。俺の腕の中から抜けて一歩前に踏み込んだ彼女の右足が軽やかに、高々と上がる。いや、上がった、と思った瞬間には既に頂点に達していて、そこから高速で落下して熊の鼻先を綺麗に蹴りぬいていた。

「か、」

踵落としだ。熊に、踵落としを決めたぞ。

熊にとっても完全な不意打ちとなったらしく、なにより唯一筋肉に守られていない部位を打たれたことで、まったくの無視はできなかったようだ。熊が顔を押さえて、本当に僅かだがよろめく。すげぇ、すげぇ、すげぇと感動の嵐の次に理性が言う。

逃げるなら今しかないと。

腰が抜けてへたり込みそうになっている彼女の手を引いて熊の脇をすり抜ける。熊が振り回した腕の爪に背中を軽く引き裂かれたが、肉と服の裂ける感触と痛みを堪えて玄関まで走りきった。

裸足のまま部屋を飛び出して、外付けの通路を駆ける。階段を下りていると遠回りになるので、正面の欄干を乗り越えて、跳躍した。熊に踵落としを決める度胸のある彼女が、この程度の高さを飛び降りただけで「ふいぃいややあ」と叫んでいる。

空中で空気を蹴るように足をじたばたさせながら、丁度、勝手に敷地内に駐車してある中古車のボンネットに着地した。足の裏から腰まで衝撃が電流のように駆け抜けて、膝が悲鳴をあげる。屈んだ姿勢を維持できず、ダルマのように転がって額をボンネットに擦りつけることになる。彼女も同じ姿勢だった。やっている場合か、と彼女を助手席の側へ押して転がした。俺は反対にころころ転がり、無様に地面へと落下する。胴体を強く打ちつけて吐き気を催したが構わず、自動車に乗り込んだ。

シートベルトはこの後のことを考えて着用して、助手席に彼女が乗り込むのを横目で確かめる。震える手で大慌てに鍵を差し込んだところで、玄関の扉のぶっ飛ぶような音と、二階通路を走る獰猛《どうもう》な足音が聞こえてきて、恐怖のあまり少し吐いた。

嘔吐《おうと》しながら、目だけが虚ろに正面を見つめる。

ここが正念場だと食いしばろうにも、奥歯がないのでしっくりこない。

欠けた歯は戻らない。過ぎた時間を取り戻すことはできない。

退路がないという当たり前の事実だけが、今の俺を突き動かす。

胸を殴り、魔法を唱える。

できるはずだ。

「やれるはずだ」

鍵を回して、エンジンをかける。オートマのレバーを引いて、彼女に叫ぶ。

「乗り心地悪いけど我慢しろよ!」

彼女を乗せての初ドライブ、行き先は、熊のどてっぱらだ。

猟銃を所持できないと諦めた次に俺が考えた『武器』は、目の前の道路を毎日飽きるほど通り過ぎる鉄塊だった。ヒグマだったらこのまま道路へ出て世界の果てまで逃げるつもりだったが、相手がツキノワグマなら、ここで決着をつける。

アパートの角を曲がり、階段入り口に真っ直ぐ走ることのできる位置へ行く。

そして飛び出してきた熊めがけて、全力で激突を図った。熊が気づいて首を振った直後、先ほどの交通事故を再現するような爆音が正面で生まれた。衝撃は他人事の垣根を越えて、当事者としてハンドルを握る手を震わせる。腕も金属の一部のように固まり、もう自分の意思ではハンドルから指を剝がせそうもなかった。

自動車に激突された熊が派手に横倒しとなり、そのまま自動車の前面に押し運ばれるように転がされる。こちらもアクセルを更に踏んで、アパートと隣の住居の仕切りとなっているブロック塀めがけて突き進んだ。そのまま、転がる熊をブロック塀で挟んで押し潰す。そのまま死んでくれと手ごたえを感じながら、それを継続しようとアクセルを踏むと、熊の真新しい傷にまみれた顔が、にゅっと。正面に出てくる。

それとほぼ同時に電子音。誰かの電話が鳴る。誰だよ、彼女か。つまり相手は蓁目か？　こんなときにあの野郎、と怒りが滾って視界が狭まる。

ブロック塀と自動車に挟まれた熊が、尚も動く。じりじりと隙間の中で身体を起こし、熊の振り回した腕がフロントガラスに激突する。一発目は音と衝撃だけで思わず目を瞑るが、二撃目は血相を変えることになる。ガラスに細かなヒビが入ったのだ。

何十キロもの腕を振り回せば必然の結果とはいえ、視界が塞がれてしまうことが恐ろしかった。熊の第三撃がタイミングを図らせない間隔で、ガラスを打ち砕く。ガラスが粉吹雪のように散る。隔たりを失い、向き合った熊の咆哮《ほうこう》に胃の底を撃ち抜かれるようだった。電話がまだ鳴っている。蟇目か。

そのまま熊が身体をすり潰すようにしながらもボンネットへ上がり、こちらへ腕を伸ばそうとしてくる。それだけで喉を破られるようだった。そして電話が鳴る。

蟇目か！

「うぅぅううるうぅうせぇぇぇええええええ！」

叫んだのは俺か、それとも電話の持ち主か。

沈黙していた彼女が咆哮と共に再び動く。

割れたガラスの隙間めがけて彼女が投げたのは、未だ鳴り止まない携帯電話だった。可愛らしいストラップと共に高速で回転した電話が熊の目にぶち当たり、抵抗の腕を引っ込める。電話は鳴り続けたまま、塀を飛び越えて消えてしまった。

その隙にこちらが引いた。その動きに仰け反っていた熊は対応できず、ボンネットから滑り落ちる。それを見て再度、熊へと急加速をかける。熊が腕を車体の前に構えるより早く自動車がぶつかり、熊が万歳のポーズを取るようにして腹を強く打つ。呻《うめ》き声と共に、人語の悲鳴が混じっているようにも聞こえた。だから構わず、また引いては潰す。熊が身動きできなくなっても呻き声をあげ続ける限り、何度でも繰り返した。

事情を知らない彼女の目には虐殺、必要以上の危害と映っているかもしれない。極力、彼女の方を見ないように前屈みとなりながら、熊の始末を淡々と続けた。

やがて、熊は声もあげなくなる。ぐったりと首が垂れて、身じろぎもしない。その状態から更に五回ほど押し潰して、ようやくアクセルから足を離す。ハンドルに額を当てて、大きく、大きく、息を吐いた。熊の野生と血の臭いが漂ってきて、爽やかな気分とはいかなかったが、一つの大きな壁を乗り越えた、静かな達成感があった。

まだローンの残っている中古車は修理不可能なほどに大破している。

そこに暗い未来を見つけて、苦笑いしながら、彼女を見た。

彼女もまた熊が動かなくなったことに安堵の息を吐きながらも、怒濤《どとう》の事態に目が不安を訴えている。気持ちは分かるがまずなにより、あの踵落としを賞賛する。

「きみの足とカラテに助けられたよ」

「あぁうん、うん」

彼女が曖昧に頷く。熊の襲撃という非日常に面食らい、混乱しているようだった。

「あのさ。説明してほしいこと、たくさんあるんだけど」

半笑いで彼女が俺にすがってくる。

説明、していいものだろうか。喋るニワトリ、未来、彼女と人類の行く末。気軽に教えていいものならレグがそもそも教えているはずだ、と返事に窮していると。

目の端で動くものがあった。恐怖から首を引きつらせて、正面を見る。

「熊、じゃない」

熊は動いていない。息もしていない。ではなんだ、と目を恐怖に躍らせていると。

フロントガラスの隙間から侵入した影が、彼女に襲いかかる。

制止する間もなかった。

飛び込んできた蛇が彼女の首もとに、激しく噛みつく。自分になにが起きたか咄嗟に理解できず、彼女が目を白黒とさせる。その間にも蛇はのたうち、尻尾を振りながらより深く牙を突き立てようとうごめく。俺は動揺を振り切って硬直を解き、蛇へと手を伸ばす。爬虫類《はちゆうるい》が苦手なんて意識は吹っ飛び、無我夢中で蛇を掴んだ。

蛇を強引に彼女の首から引き剝がす。抜ける際に牙が彼女の首を深く傷つけたのか、鮮血が舞い散った。赤く濡れた口もとを大きく広げて威嚇してくる蛇ごと自動車の外へと転がり出る。そして転がる最中、蛇を振り回して自動車の側面に叩きつけた。

この野郎、と口の端から流血するほどに歯を剝き出しにして怒りをぶつける。蛇が俺に牙を剝くより早く息の根を止めてやろうと何度も、躊躇なく蛇を自動車に叩きつける。ぐったりとしても油断せず、最後は熊の爪にもぶつけて頭を引き裂いておいた。

それが田之上の部屋にいた蛇だと、殺しきってから気づく。

蛇の死体を放り捨てて車内に戻る。ぐったりと力のない彼女の唇が紫色に青ざめて、鼻筋まで青ざめてきている。尋常じゃない、と判断するのに時間はかからなかった。

一旦、車から降りて助手席側へ回り込む。

助手席から抱いて下ろした彼女の舌は「あ……え……」と回っていない。ぶくぶくと泡まで噴き始めている。前髪を上げて、止まらない汗を拭いながら途方にくれる。

彼女の首の嚙み跡に恐怖しながら、こちらも青ざめていると上から声がかかった。

「大丈夫だよ、安心するといい」

階段をひとりで下りてきたレグが、いつもの調子で淡々と言う。

騒ぎが終わったと判断して、押入れから出てきたようだ。

「きみの望むとおり、これで彼女は生き残る」

熊の死骸を一瞥して、レグが翼を広げた。ついでに、地面の血を踏まないように足取りが慎重なものとなっている。その血よりも鮮やかに赤いトサカが揺れる。

まだ生きている、脈打つような赤色だった。

「どういうことだ？」

「取り敢えず、部屋に彼女を運んでやったらどうだい。話はそこでしょう」

レグが羽の先端で俺の部屋を指す。どこまでも冷静なニワトリの言い分に従うのも癪《しゃく》だったが、一理ある。半壊した自動車と熊の死体を放って、彼女を抱える。

アパートの二階まで駆け上がり、息がどんどんと荒くなる彼女を布団の上に寝かせた。この症状は蛇の毒か？　とにかく救急車を呼ばないと、と電話を取って連絡しようとする。が、そこでレグが「僕がしておいたよ」と言った。

「この身体で電話を使うのは辛かったが、なんとか伝えておいたよ」

本当かよ、と手に取った電話の履歴を確かめようとする。だがその前に漂う鳥臭さに鼻を摘み、嘘ではないことを悟った。電話を放り出して、レグに向けて顔を引きつらせる。

「親切にどうも」

「うん」

レグが頷いて、そのままてこてこと玄関へ向かっていく。

おいおい「どこへ行く？」と思わず尋ねる。

振り向いたレグが、なんてことないように答えた。

「え、どこって、未来に帰るんだよ。全部終わったみたいだからね」

マイペースに、悠々と帰還を宣言する。

なにがどう終わったのか、と彼女を指差し、言葉が出てこなくて。

額を掻いて、苛立ちを飲み込み。

こいつになにか頼るのは間違っている、ニワトリだぞ。だがしかし。

「せめて話をしていけ、このアホ」

罵倒《ばとう》込みで説明を求めると、レグが振っていた羽を引っ込める。

「あぁそうだった。話をしておくと、これで予定通りってこと」

「予定通り？　彼女が蛇に噛まれたんだぞ。しかも、これは、」

想像すると悪寒が走るが、あの蛇の毒なんかではなく、もっと厄介なもの。

彼女が感染するはずだった病原体を、前倒ししてきたんじゃないのか。

「いやぁ、予定通りさ。（僕の望む）予定（の）通りってことだけど」

括弧《かっこ》の部分まで丁寧に口に出して、レグが言い切る。

そして、未来のニワトリは語る。この時代へとやってきた目的を、だ。

「僕の仕事は、熊谷藍が三年を経過して自然にウィルス感染するより前に、同様の症状を引き起こさせることだったんだよ。そういう風に歴史が残っているのだから、その通りにしないと僕らの未来がなくなってしまう。それを変えようとする連中がタイムトラベルを始めたと聞いて、慌てて僕が飛んできたんだよ。実際、どういう仕組みなんだろうと考えていたけれど、蛇と出会ったというきみの話を聞いて、事の顚末《てんまつ》を確信した。感染経路に気づけば、後はことの成り行きを見守るだけだった」

レグの饒舌な語りを聞き届けて、あぁそういう、と納得するものがあった。

別に、滅んでもいいとは思っていなかったわけだ。このニワトリ。

善行の意思を持って彼女を助けようとはしていなかったらしい。

まぁ、ニワトリにそんなものあるはずもないのだけれど。

「そのうえで、今日のきみの奮闘は賞賛に値するよ」

「お前に褒められて嬉しいと思うか？」

「さぁてどうだろう。きみを褒めるなんてこれが初めてだから」

確かにそうだ。そしてちっとも嬉しくないという結論が出た。

レグが気持ちのよくない褒め言葉を挟んで、説明を続ける。

「このタイミングで彼女が感染した場合、逆に彼女は生き残ってしまうんだ。ほとんどの人類は死滅するけれど、四千年後にはまた溢れかえって硫酸の雨の中を窮屈に生きているから、安心してほしい。きみの決断で人類は滅ばない」

人類の行く末や滅亡など興味ないが、朗報がその中に混ざっていた。

なによりの福音であり。俺の戦い続けてきたことへの、最高の答えがあった。

「彼女は、死なないのか」

今は息も絶え絶えとなっているが本当か、と問う。レグは確かに肯定した。

「あぁ。長生きして子孫を成す。『聖女』と呼ばれるって教えただろう?」

なるほど……どちらにしても、彼女が起点となって、未来の人類は栄えるのか。

彼女が世界を創世する。そのために、この彼女を創生したのが、レグなのか。

まぁそんなことはどうでもいい。だって俺が死んだ後の未来なんて関係ない。

大事なことは、俺の、今の俺の、目の前で。彼女が死なないということだ。

「ならよし」

「……きみならそう言うと思った。朗らかに狂っているからね」

「愛に生きることのどこが狂っているというのか」

所詮ニワトリ、浪漫《ろまん》なんぞ解することはできまい。

「本来の歴史なんて、タイムマシンが存在する時点で夢物語なんだよ。選べるのは積み重なった時間の中で、どの層に潜んで生きるかぐらいさ。……蛇の言う本来の歴史は、確かに正しいのかもしれないね。僕らもそれを知っているのだから」

「……そこが不思議だ。なんでお前、別の歴史を知っているんだ？」

向こうの蛇は恐らく知らないのに。

「あぁ、それか。一つ言い忘れがあったけど、妨害に来ていた連中と僕では時代も、歴史も異なる。タイムトラベラーではあってもまったく別、地下鉄の路線が異なるようなものだよ。ついでに言えば距離も違う。彼らは精々八百年ほど先の未来だが、僕は四千年ほど未来からやってきている。時間旅行への理解もこちらの方が進んでいるというわけさ、別の時空を観測できる程度にはね」

「……なぁる、ほど」

言い忘れが一つとは到底思えないが、ようく分かった。

こいつは嘘をつかずに、とことん人を騙していたわけだ。

呆れて、笑うほかない。なんと優秀に、口の堅いニワトリだろう。

しかもそのうえでいけしゃあしゃあと、別れの挨拶なんて済ませてくる。

「世話になった」

言いたいことは山ほどあるが、こいつがいたお陰で彼女が救われたのも事実だ。

それなら、まぁ、それなりの形で別れてやってもいいと思った。

「……まぁ、こっちの方がいいな」

俺の発言に、レグが怪訝《けげん》な様子となる。基本、表情の少ないニワトリではあるが、長い期間一緒に暮らしていると察することのできるものがあった。

「なにがだ？」

「ペットと死に別れるよりはマシだと思っただけだ。さっさと行ってしまえ」

シッシと手で払う仕草をする。レグはそれに対して翼を振り、鳥臭さを撒《ま》き散らす。

「これは忠告だが、早めに逃げたほうがいいぞ。ずっと遠くにいれば、もしかしたら生き残ることができるかもしれない。僕はきみのこと、嫌いじゃないからね」

幸運を祈るよ、とニワトリが早足で玄関から去っていく。

やってきたときと違い、律儀に出入り口を利用して、散歩に出かけるように。

色んな思いをこめて、そのふさふさの尻を呼び止めようとする。

「おい、ちょっと待て……あーあ、行っちゃったか」

あいつに話し忘れたことがあるんだが……まぁいいか。あいつもろくに話さず秘密ばかりを抱えていたんだ。こちらも一つぐらい、秘密にしておいてもいいだろう。

布団の上に横たわっている彼女が頭を起こし、玄関に横目を向ける。

「……いま……にわとり、しゃべって……？」

「喋るな。救急車呼んだから、すぐ、来るよ」

救急車で搬送されるか、自分で病院に向かうかとか。場所や時間とか。そういうところで差が生まれて、診断する医師が異なり、別の未来を生むことになるのだろう。

舞い上がっていた埃《ほこり》に紛れて、ニワトリの羽が一枚落ちてくる。差し出す手のひらに載ったそれはふわふわと、重さを感じない。手のひらにくすぐったいそれに息を吹きかけると、ひらひらと頼りなく、宙を舞う。ニワトリ本体より、空を飛ぶことに向いていそうだった。その羽がのんびりと飛んで、まばたきの間に消え去る。

ふと思い立ち、携帯電話を取る。そして、臭いを嗅《か》ぐ。

臭いはそのまま、残っていた。

「……そっちこそ、幸運を祈っておくよ」

それよりも彼女だ。彼女の青ざめた顔色は昔のそれよりもっと酷い。

大丈夫かよ、と思いつつもあのニワトリの言い分を今度こそ信じるほかない。

彼女は生き残る。その事実だけで安堵して、胸が軽くなる。

四千年後の世界。醜くとも人類は生き残り、彼女の血脈が運命の川を流れている。

その川の源流にいるのが今度こそ、運命を越えて俺であるために。

救急車が来るまでの間、彼女の傍らに座り込む。

俺は、離れない。彼女の側にいる意味を知りながら、離れることはない。

さむい、さむいとうわ言のように重ねる彼女の手を取り、包むように握る。

それが未来人の思惑にない、心からの思いやりであることを祈りながら。

「大丈夫だよ。じきに、暖かくなるから」

ごらん、と温かく、明るい場所へと自然に目を向ける。

窓の外に見える屋根が、強くなり始めた日差しを跳ねさせて瞳を眩《くら》ませる。

未来人の物語は終わりを迎えて。

春はすぐそこまで来ている。そして、俺の物語はここから始まるのだ。


熊を轢き殺した件については、正当防衛で無我夢中だった、と必死に説明したことで大したお咎めはなかった。殺人ではないので、まぁしょうがないという雰囲気もある。むしろ車を潰したことで同情までされた。大家にはいい顔をされなかったが。

後は部屋の窓ガラスとぶっ飛んだ玄関の戸を修理しさえすれば、残るのは車の借金だけとなる。こっちは修理する気にもなれない。購入した目的は果たしたので、出番は終えたと大人しく眠りに就いてもらうことにした。

後始末をすべて済ませている間に二日が経って。

そして俺はその日、彼女が入院する病院に向かった。

レグはこの時代から帰還した。もう戻ってくることはないし、二度とこの時代に姿を現すこともないだろう。別の時代、別の世界からやってきた未来人はどうなのだろう。レグが引き揚げるということは、脅威は去ったということだろうか。

彼女が感染する、という目的自体は達成したからこれ以上、手の打ちようがないのかもしれない。しかし相手も『時間の掛け違い』については理解しているはず。それでもこうやって動かなければいけなかったのは多分だけど、このあたりでなにかしらの手を打たないと、軌道修正が間に合わないのだろう。でも熊までやられてしまったのでやむなく、感染時期を前倒しにして強引にことを進めるしかなかった、と推測する。後は野となれ山となれ。そんなのでいいのかと思うが、事の発端を考えればタイムマシンなんて元来、人の手に余るものなのかもしれない。時間を旅行できても、時空というものを把握しきっているわけじゃない。歴史を変えることにも限界はある。

彼女の見舞いなんて許されるのだろうか、と疑問だったが病院に着いてから確かめると、あっさりと許可が下りた。ことが重大に取られていないからだろう。恐らくこの意識の差が人類のほぼ壊滅に繋がるのだと思う。彼女を診察した医者は滅亡に荷担したわけだ、そのお粗末な腕で。だが俺は声を荒らげて展開の改善を望みはしない。なぜなら、このまま行けば彼女は助かるからだ。逆に言えば下手に手を加えれば彼女の今後の保証が揺らぐ。病人は安静にしておくのが一番だった。

受付で教えてもらった階にエレベーターで上がり、部屋番号を探して廊下を歩く。事後処理にかかって出遅れたけれど、田之上や蔓目はもう彼女の見舞いに訪れたのだろうか。男三人が誘蛾灯《ゆうがとう》に群がるような構図を思い浮かべて、美人というものは自然、人徳を得るのだなと笑う。笑うと鼻が動き、消毒臭い病院の空気を吸い込んだ。

鳥臭さと、どちらがマシだろう。

軽い頭を振りながら病室を巡り、目当ての場所を発見する。他の患者と相部屋か。いいのかなぁと首を傾げつつも静かに入室して、彼女を探す。奥のベッドの周りに引かれたカーテンの隙間から覗いてみると、彼女がいた。横になり、目を瞑っている。呼吸も安定して、今は眠っているようだ。カーテンを戻してからパイプ椅子を用意して、窓際に座り込む。起こすこともない、なにしろ暇だから。いくらでも待つことができた。

今日は昼から晴れる、という予報の通りに今はまだ晴れ間が見えてこない。ぼうっと、椅子に寄りかかりながら窓の外を覗く。車いすを押されて庭を散歩するお爺《じい》さんや、煙草《たばこ》を吸っている見舞客たちがベンチに座って歓談している。

俺はここにいる人たちと正反対だった。生きるためにいる人たちと、死ぬためにいる俺。いやまぁ、長い目で見ればみんな、誰もが死ぬために生きているのだけれど。

そうなると後は、希望の量ぐらいしか違いがないのかもしれなかった。

俺の胸には確かな希望があり。息吹があり、安堵があり。真っ黒な眠気もあった。

その眠気が広がっていくとき、俺は目を瞑って死んでいくのだと思う。

どれくらいの時間が経っただろうか。こちらも少しうたた寝しているときだった。

「なんか、シルエットクイズみたいなのが映ってる」

カーテン越しに声をかけられる。目覚めたらしい。弱々しくも彼女の声だ。

「誰でしょう」

「翼くんとコンビ組んでいる人」

「俺はシローだ」

カーテンを開く。彼女がにやにやしている。椅子をカーテンの内側に引っ張り込み、ベッドの脇に座り直した。目の下のクマが久しぶりに目立って、疲労が色濃い。

「誰か見舞いに来た？」

「だーれも。だって多分、入院しているの知らないし」

「連絡すればいいじゃん」

「ケータイ、投げちゃったから」

あ、そうだった。あれは回収しなくてよかったのだろうか、悪用されるぞ。熊にぶつかり、塀に弾き飛ばされたあたりで壊れているのを願うほかなかった。

「あんただけよ、ここに来るの」

「連絡しといてやろうか？」

「いいよ、そんなの」

「分かった」

しておくことにした。帰ってから、蟇目にでも言っておいてやればいいだろう。

田之上は知らん。やつの言う運命は消え去ったが、どうなるものやら。

「蛇の毒にやられるのって、初めて」

「俺は経験ないな」

そうか、蛇の毒。そんな風に扱われて、俺たちは大いなる誤りの果てに死ぬのか。

よしよし、黙っていよう。

「ねぇ、格好良くなってから言おうとしていたこと、ちょっと言ってくれない？」

彼女に見舞い代わりに、羞恥心《しゅうちしん》をさらけ出せと催促される。

彼女のおねだりであるのなら、応えたい。だが、しかし。

結果が分かっているのに挑戦しろとは、酷な。

「あー……その前に聞くけど、俺って格好いい？」

「前よりは」

どれくらい前のときとの比較か分からないけど、悪い気はしない。

今日の自分が、過去の自分に勝っているのなら。

それが生きるということだ。

だから。

「きみのことが好きなのでちょっとそのベッド潜っていいですか」

そして散らばっている髪の匂いを嗅ぎ回りたい。

さすがにそこまで口にはしなかったが、きろりと向く彼女の目が少し怖い。

「ごめん、他に好きな人がいる」

「知っていたよ」

相好を崩す。彼女も笑う。ひとしきり微笑んでから、額を押さえて俯く。

「なんだったんだよ、今の」

分かっていてなぜ告白などしなければいけないのだ。彼女が話していたもどかしさを解消するためだろうか？　彼女の都合だけで好きを絞り出さねばいけなかったのか。

やだぁ、そんなの。乙女ぶって身体をくねくね振りたくなる。

気持ち悪い衝動と闘っていると、彼女が困ったように唇を曲げて唸る。

「んー……フッて尚、はっきりしないね」

「なにがぁ？」

だめ押し食らうのかなと身構えていると、彼女が真っ直ぐ、天井を見つめる。

「あんたと初めて会ったとき、なんとなく、あんたを好きになるのかなぁと思った。でも長々と一緒にいる間に、なにかがちょっと違うなぁって、思うようにもなった。好き嫌いじゃなくて、言葉にできないけどぼやーっと、間にあるものがいつもにじんでいる感じがして。そうなってくるとさ、距離の詰め方が、分かんなくて」

彼女が内にある独り言をそのままさらけ出すように、心境を吐露する。感覚を丸出しにした表現の数々だが、俺の内に刺さる鋭敏なものもあった。

「なに言ってるかよく分からないよね」

「……いや。多分、その感覚は正解だよ。きみは見る目がある」

未来とか、運命とか。そういうものを漠然と感じる力があるのかもしれない。

この世界の在り方を左右してしまうような、そんな、すごい人なんだからな。俺と釣り合うわけがなかった。レグがいつか言っていたが、自分の先祖とかそういうものに関わることは禁止されているという。それは俺にも当てはまって、たとえば俺が彼女と子を成し、未来を築くような立場であった場合、必要以上に未来人が関わってはこなかったんじゃないかと思う。彼女に直接は、レグが干渉しなかったように。

俺は彼女とそういう間柄にならないことが決まっていて。だから、選ばれた。

以前もそんな結論に達して、それは今も変わっていない。そうなると彼女が未来の人類の始祖となるとき、その相手は蓁目なんだろうなぁと、漠然と感じる。なにしろレグはやっと彼女を引き合わせて、それ以降はなにも行動を起こさなかったからだ。

俺の視点からは大したことのない、なんの価値もなくほとんど接点もないやつだけれど、彼女の中ではきっと、大事な時間を過ごした相手なんだろう。

そういうものかもしれない。

そんなものかもしれない。

認めれば、寂しくて。どうにかならなかったのかと、後悔も混じって。

それでも俺は、選ばれてよかったと心から喜んでいる。

俺は狂っていると言われた。普通はあり得ない決断だと言われた。

そちらを選べるのはきっと俺だけで。だから、これでよかったんだと思う。

彼女の幸せが、俺の不幸であれば。

「それでも俺は、きみの側にいるよ」

離れられないことも含めてきっと、運命というやつだから。

「……そうなんだよね」

俺の言葉を受けて、彼女がなにか納得したように、力なく笑う。

「結局、あんたが一番、私の側にいるんだと思う」

「……だねぇ」

ことここに至って彼女と共通の見解を持てたことに、小さな満足感を覚える。

喉と胸の間に、それが熱い液体のように流れては詰まった。

雲の隙間から太陽が見え隠れする。分厚い雲をかき消すほどの力はなく、けれど、雲をもってしてもその存在を隠すことはできない。昼にあわせるように姿を見せ始めた日の光は、地面を、建物を。道行く俺たちを暖かいものとしていくだろう。

その眩しさに目の奥を疼かせながら。もう一度、確信する。

少し長かった前日談が終わり、物語の始まりがようやく見えてきたことに。

奇跡を語るような後日談は俺になく、けれど、しかし。

強まる日差しによって、肌寒さもこれからどんどんと和らいで。
俺の望んだ未来は、ここから始まるのだ。

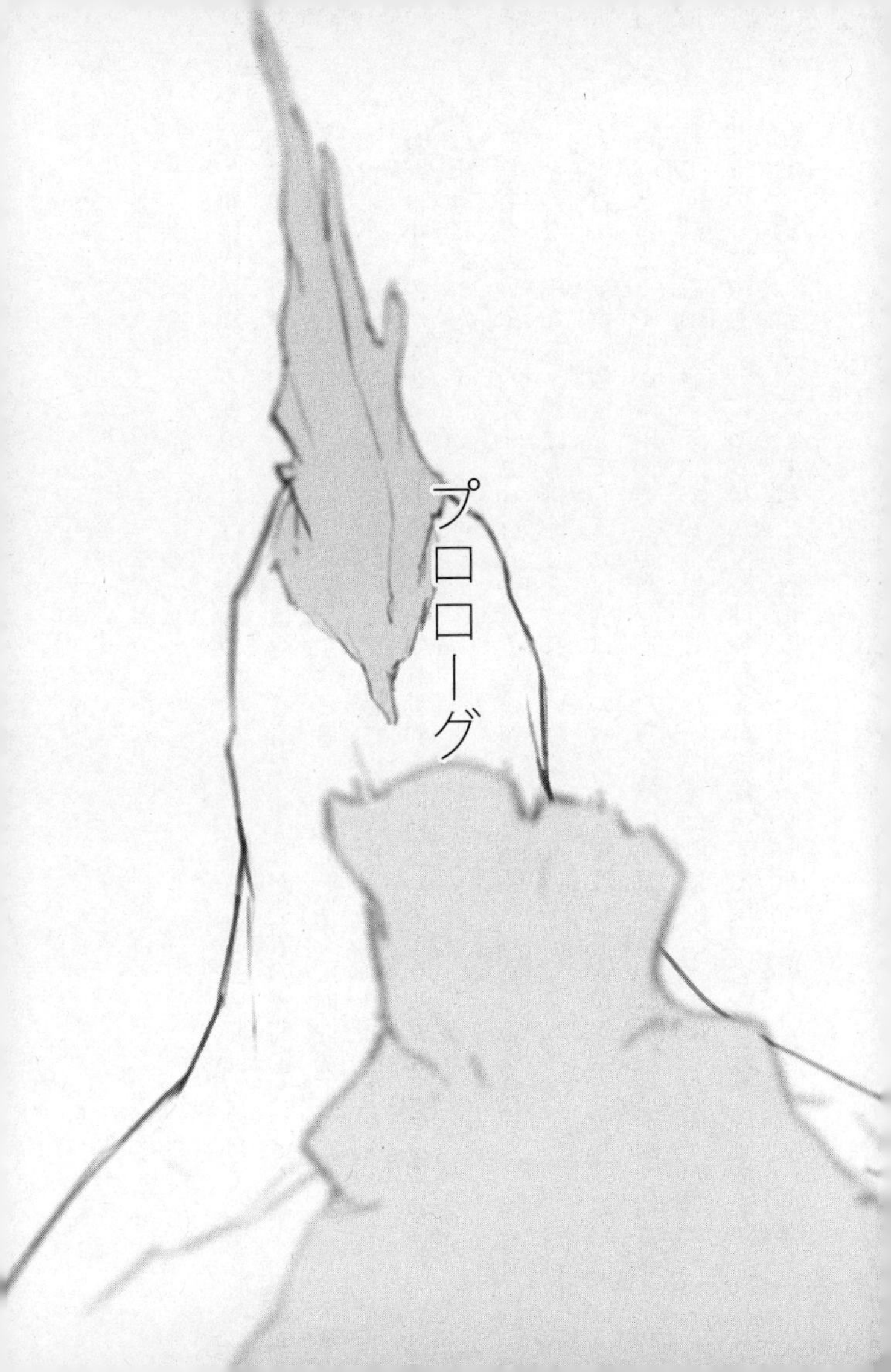

プロローグ

時間旅行を終えて真っ先に行われるのは、うんざりするほど長い時間をかけての滅菌作業だった。過去から訪れるものは等しく毒だ。それが過去の人間にとって有益な働きを見せるものであっても、未来に生きる者には災厄を招く可能性が十分にある。胃に小さな穴が空けば苦痛が訪れて。心臓に微かな穴が生まれれば惨事となる。どれだけ小規模な始まりであっても、いずれ世界を覆い尽くすような異変となる可能性は十分にあった。

熊谷藍という、ただ小さい存在が世界を幾重も生み出す起点となるように。

どんな些細なきっかけも排除しなければいけない。

とはいえ完璧に殺菌してしまえば人は死ぬ。僕一人を殺して人類の全滅が防げるなら、と考えるやつが滅菌作業を担当していたら、熱に蒸気に煮沸《しゃふつ》にとたらい回しにされて弄ばれる中で命を失っても不思議じゃない。僕は既に使命を果たしたのだから、そういう結末も十分にあり得た。時間旅行を経て帰還する度、いつも静かに覚悟を決める。過去に留まっていれば、と後悔しないようういつも祈って厳《おごそ》かに待った。

やがて作業が終わって目を開き、自分が未だ健在であることに、胸をなで下ろす。僕は生きている。すべてをやり終えて、戻ってきたのだ。

今更ながらの達成感と、同時によろめきを覚える。ニワトリの目線に慣れすぎて、立ち上がると目の前が真っ暗になった。服を着る間もなく床に倒れ込み、呼吸が乱れる。脳が縦に裂けるように痛い。このまま死んでしまうのでは、と感じるほどだった。

耳鳴りに顔の脇を騒々しくされながら、回復を待つ。その間に僕は何度、意識が遠のいて汗だくになったことか。これも小さくはあるが時間旅行と言えるだろうか。苦しみが定期的に、波紋のように訪れる中で僕は一瞬だけ、今なら世界が終わってもいいとさえ思った。

だけど僕の願いや祈りごときで、そんな大それたものの帰結を導けるはずがない。

僕たちの世界がいつ終わりを迎えるかは分からない。タイムマシンで未来を覗くことは禁じられているからだ。未来を知れば、望まぬそれを変えようと動き出す者が現れる。僕らの時間旅行は人類全体を見据えたものであるべきで、私欲のために時間の海を越えてはならない、というのが共通する良識というものだった。

今を生きるために、人の時間はあるべきだ。その今が崩れ去り、もし僕たちの時代で人類が終わろうというのなら、それを排除しようと未来が迫ってくるだろう。

人類はただ貪欲《どんよく》に生きようとする。それ以外に、生きる理由なんてないのだから。

苦痛の波が何度、心の砂浜を濡らして、そして乾いたか数えるのも億劫《おっくう》だった。だがようやく乗り越えたそれから這々《ほうほう》の体《てい》で逃げて、服を着た。その後、用意された車いすに乗ってしばらくのリハビリ通院を言い渡された後、やっと建物から外に出ることを許された。

外に出ると、周辺にはクリーンなイメージを植え付けるべく用意された庭園が広がっている。日陰が当初の計算よりずっと多くなるほど生え茂って放置された樹木に、こちらは上らなくてよいので手入れが楽だからと切り揃えられた植え込み。プールのような長方形の池の周辺だけが日を浴びて、地面が黄ばんでいるようだった。

完全に、人工的な環境である。浴びる日もまた作り物にすぎない。それでも今は日を浴びたい気分だったので、池の側に寄る。頭の上に空があってほしかった。

移動して、日の下で空気を思い切り吸い込む。無菌室よりもずっと、肺の奥に空気が染みるのを感じる。この空気にまた馴染んでいくのだ、と感慨に浸る。

汚染されていたとしても、慣れた空気のもとへ帰りたいと願うのは、自然である。

そうして腕を伸ばして人間の身体を実感していると、動かした頭の中に異物を感じる。首を傾げつつ伸びきって茂った髪に手を突っ込んで引っこ抜くと、しわくちゃのそれが指に引っかかった。髪に巻きつくように張りついていたのは紫色のリボンだった。熊谷藍がいつか僕に結んで、そのままにしてあったものだ。最近では存在も忘れていたそれを引っ張り、外す。人類の祖、創世を司《つかさど》る聖女から授かったものと考えれば安っぽいそれも高貴なものであると錯覚できないだろうか。苦笑しながら握るリボンに、ふと目が止まる。

目を左右に動かすことができなくなって。また、ニワトリに戻った気分だった。

リボンの裏側に乾燥してこびりついているものがあった。半ば無意識に、爪で擦ってみる。乾いたそれが土の欠片のように崩れて、爪と指の間に潜り込む。

なんだろう、と顔を近づけてみても無臭に近い。

しかしその緑色の欠片を見つめ続けて、やがて正体を悟る。

これは、糞だ。僕がニワトリの身体であるときに時折見かけた、緑色の糞だ。

「……糞？」

頭の半分が後ろから消し飛んで、真っ白に染め上げられる。

散々に弄ばれて熱を帯びていた頭から、血の気が引く。

かさかさと。脳が、目の前の糞みたいに乾いてしわがれていくのを感じた。

過去から訪れるものは、等しく、毒である。

それが雑菌の塊とでもいうべきものなら、尚更。

くらくらする。慣れない視線の高さに、酸欠みたいに。くらくらして、目が回る。

指からこぼれ落ちた滓《かす》が風に泳がされては景色に溶け込んでいく。

遠くは水色に、近くはコバルトブルーに染まる空の下では、機械の生み出した気持ちのいい風が吹く。

その風が背中から吹き抜けると酷く肌寒く感じられて、身体がぶるりと震える。

僕は青ざめる。

僕は、青ざめる。

あとがき

僕の小規模な生活、大好評発売中！


クリスマスに本など読んでいてはいけない。ケーキ食べよう、ケーキ。

というわけで寒いですがこんにちは。あとがきに書くことがない。

私の作品には自分の名前が嫌いなやつが主人公、脇役問わず頻出していることに今頃気づいたのですが、別段、本名やペンネームに不満はありません。じゃあなぜと聞かれるとよく分かりませんが、テレビ版のZガンダムで、主人公が嫌いだった自分の名前を好きだと答える場面は好きです。あまり関係ありませんが。

あとタイトルが似ている本を昔世に出しましたが、今作とは同じ人間が書いているということと以外に特別な共通点はありません。通っている大学の描写が似ているのは気のせいです。関係ないよ。そんな話ばかりでした。

月に二冊出したときは割と本気であとがきに書くことがないので、困る。

今回もタイトルの許可は頂いています。福満《ふくみつ》さんありがとう。


表紙を担当して頂いたloundrawさんにお礼申し上げます。今まで担当して頂いたイラストレーターさんの中で、横文字は初めてか、もしくは非常に珍しいのではないでしょうか。スペルあっているでしょうか、ありがとうございます。

たこ焼き職人の父とお好み焼き職人の母にも感謝しています。美味しいです。

これが恐らく今年最後の作品となります。

今年もありがとうございました、また来年もよろしくお願いします。

入間《いるま》人間《ひとま》

入間人間　著作リスト

探偵・花咲太郎は閃かない（メディアワークス文庫）
探偵・花咲太郎は覆さない（同）
六百六十円の事情（同）
バカが全裸でやってくる（同）
バカが全裸でやってくるVer.2.0（同）
昨日は彼女も恋してた（同）
明日も彼女は恋をする（同）
時間のおとしもの（同）
瞳のさがしもの（同）
彼女をすきになる12の方法（同）
たったひとつの、ねがい。（同）
19 ―ナインティーン―（同）

僕の小規模な奇跡（同）
僕の小規模な自殺（同）

嘘つきみーくんと壊れたまーちゃん　幸せの背景は不幸（電撃文庫）
嘘つきみーくんと壊れたまーちゃん2　善意の指針は悪意（同）
嘘つきみーくんと壊れたまーちゃん3　死の礎は生（同）
嘘つきみーくんと壊れたまーちゃん4　絆の支柱は欲望（同）
嘘つきみーくんと壊れたまーちゃん5　欲望の主柱は絆（同）
嘘つきみーくんと壊れたまーちゃん6　嘘の価値は真実（同）
嘘つきみーくんと壊れたまーちゃん7　死後の影響は生前（同）
嘘つきみーくんと壊れたまーちゃん8　日常の価値は非凡（同）
嘘つきみーくんと壊れたまーちゃん9　始まりの未来は終わり（同）
嘘つきみーくんと壊れたまーちゃん10　終わりの終わりは始まり（同）
嘘つきみーくんと壊れたまーちゃんi　記憶の形成は作為（同）

電波女と青春男（同）
電波女と青春男②（同）
電波女と青春男③（同）
電波女と青春男④（同）
電波女と青春男⑤（同）

電波女と青春男⑥（同）
電波女と青春男⑦（同）
電波女と青春男⑧（同）
電波女と青春男ＳＦ（すこしふしぎ）版（同）
多摩湖さんと黄鶏くん（同）
トカゲの王Ｉ　―ＳＤＣ、覚醒―（同）
トカゲの王ＩＩ　―復讐のパーソナリティ〈上〉―（同）
トカゲの王ＩＩＩ　―復讐のパーソナリティ〈下〉―（同）
トカゲの王Ⅳ　―インビジブル・ライト―（同）
トカゲの王Ｖ　―だれか正しいと言ってくれ―（同）
クロクロクロック1/6（同）
クロクロクロック2/6（同）
安達としまむら（同）
安達としまむら２（同）
強くないままニューゲーム　Ｓｔａｇｅ１　―怪獣物語―（同）
強くないままニューゲーム２　Ｓｔａｇｅ２　アリッサのマジカルアドベンチャー（同）
僕の小規模な奇跡（単行本　アスキー・メディアワークス）
ぼっちーズ（同）

本書は書き下ろしです。

メディアワークス文庫

僕《ぼく》の小規模《しょうきぼ》な自殺《じさつ》

入間人間《いるまひとま》

発行　2013年12月25日　初版発行

発行者　塚田正晃
発行所　株式会社KADOKAWA
〒102-8177　東京都千代田区富士見2-13-3
電話03-3238-8521（営業）
プロデュース　アスキー・メディアワークス
〒102-8584　東京都千代田区富士見1-8-19
電話03-5216-8399（編集）
装丁者　渡辺宏一（有限会社ニイナナニイゴオ）
印刷・製本　旭印刷株式会社

Printed in Japan
ISBN978-4-04-866219-2 C0193

メディアワークス文庫　http://mwbunko.com/
株式会社KADOKAWA　http://www.kadokawa.co.jp/

本書に対するご意見、ご感想をお寄せください。

あて先
〒102-8584　東京都千代田区富士見1-8-19　アスキー・メディアワークス
メディアワークス文庫編集部
「入間人間先生」係